Le fils du gladiateur

Illustration de couverture
Marc Mosnier

Christophe Lambert

Le fils du gladiateur

BAYARD JEUNESSE

Si Rome ne s'est pas faite en un jour, la « romanisation » de la Gaule vaincue ne s'est pas non plus opérée en douze ans. Le processus, en vérité, a duré plusieurs siècles. J'ai volontairement accéléré un peu le cours de l'histoire pour les besoins de la dramaturgie.

Christophe Lambert

3, rue Bayard, 75008 Paris
ISBN : 2 7470 1266-2
Dépôt légal : février 2004

Loi 49 956 du 16 juillet 1949 sur les publications destinées à la jeunesse

Chapitre 1

Quand on poussa Iorus dans l'arène, ses yeux eurent besoin de quelques secondes pour s'habituer à la lumière du jour, aveuglante. Le jeune garçon n'était pas seul. Une poignée d'enfants et d'adolescents à peine plus âgés que lui – il avait douze ans – se serraient les uns contre les autres sous les huées du public. Les gradins regorgeaient de spectateurs. Une exclamation tonitruante éclata au moment où les grilles se soulevèrent, juste au-dessous de la loge des dignitaires.

« Les fauves ! » songea Iorus.

Panthères, léopards, guépards, tigres, lions…

L'odeur violente et musquée des animaux lui souleva le cœur. Les prédateurs avançaient nonchalamment, l'œil brillant, les narines frémissantes.

Iorus avait envie de fuir à toutes jambes, mais il se raisonna. Il savait que les félins aimaient le jeu : rien ne les excitait davantage qu'une proie en mouvement.

« Enfin, presque rien, se reprit mentalement le garçon. Ce qui les excite le plus, c'est la peur ! »

Cette peur incontrôlable qui, filtrant par tous les pores de sa peau, allait titiller l'odorat des fauves.

Quand un couple de panthères noires se jeta sur un premier prisonnier pour le dévorer, la foule laissa exploser sa joie.

Iorus sentit un liquide tiède dégouliner le long de ses jambes et comprit que sa vessie s'était relâchée. Il serra les poings, retenant de toutes ses forces des larmes amères. Non, il ne pleurerait pas ! Il ne voulait pas offrir ce plaisir supplémentaire au public.

Une lionne se dirigea vers lui. Tout d'abord, elle avança lentement ; puis elle accéléra, avant de bondir en bout de course.

« Pourvu que cela finisse vite », eut le temps de penser Iorus, pétrifié.

Shlac ! Une lame étincelante cueillit la bête en plein vol : elle retomba sur le sable de l'arène, quasiment coupée en deux.

Un homme de haute taille, aux larges épaules, s'interposa entre le garçon et les animaux. Il projetait son ombre immense sur Iorus, masquant le soleil, de sorte que l'adolescent ne pouvait guère discerner les traits de son visage.

– Qui… qui êtes-vous ? articula Iorus.

Contre toute attente, ce fut un cri de coq qui lui répondit.

« Un coq ! Dans l'arène ? »

Puis retentit le bruit d'une cloche, venant de nulle part.

Et Iorus se réveilla.

– Debout, petit maître, fit une voix de femme.

Iorus ouvrit un œil : Clémentilla, sa nourrice bien-aimée, versait de l'eau dans une bassine. Il promena un regard circulaire sur la pièce : la lampe à huile sur sa table de nuit, le sol dallé de noir et de blanc, les épaisses tentures aux fenêtres… Pas de doute, il était bien dans sa chambre, et non dans une arène !

« Quel affreux cauchemar ! » pensa-t-il.

Il n'avait jamais assisté aux jeux du cirque – qui n'étaient guère encore parvenus jusqu'en Gaule Belgique[1] –, mais il en avait beaucoup entendu parler. Il

1. La Gaule « chevelue » (surnommée ainsi par les Romains pour l'abondance de ses forêts) était divisée en trois provinces : la Lyonnaise, au sud-est, l'Aquitaine, au centre-ouest, et la Belgique, au nord-est. Il existait également la Transalpine (en gros, le pourtour de la Méditerranée et les Alpes), province déjà annexée qui allait être rebaptisée Narbonnaise en 27 av. J.-C. par l'empereur Auguste.

lui arrivait de jouer aux gladiateurs avec les petits esclaves de la *villa*[1] durant des après-midi entières. Les enfants se battaient à coups d'épées en bois ; les chiens et les chats remplaçaient les lions et les tigres…

Dehors, le coq avait cessé de chanter. L'intendant du domaine continuait de sonner la cloche. Une nouvelle journée commençait.

Iorus se nettoya le visage rapidement, puis sa nourrice l'aida à enfiler ses vêtements : la tunique turquoise, nouée par une ceinture, et les sandales à semelle de bois.

– Merci, Clémentilla.

La petite bonne femme sortit un gâteau sec des plis de sa robe.

– Mangez, puis allez saluer vos parents.

Le gâteau fut vite avalé.

Iorus traversa plusieurs couloirs où les esclaves, déjà au travail, astiquaient les mosaïques, les statues, les colonnes…

Il s'arrêta devant une porte close, gardée par Vallorix, un serviteur hautain que Iorus n'aimait pas trop.

---

1. Villa : l'ensemble des habitations situées au cœur du *fundus* (le domaine). C'est là qu'habitaient les maîtres et les esclaves d'une exploitation agricole gallo-romaine classique.

– Votre mère se prépare pour sa toilette, annonça le valet. Je vous suggère de repasser tout à l'heure.

Iorus fit demi-tour, le cœur un peu serré. « Est-ce que je verrais ma mère plus souvent si nous étions encore des esclaves, elle et moi ? » se demanda-t-il.

Il avait été adopté à l'âge de trois ans par Caïus Julius Rufus, le maître des lieux, lorsque ce dernier avait affranchi et épousé Claudia, sa mère. Iorus n'arrivait pas à se souvenir de « sa vie d'avant ». Il n'arrivait pas non plus à se souvenir de Cénovix, son vrai père ; mais ça, c'était normal, car il ne l'avait jamais connu. Cénovix était mort avant sa naissance, à l'époque où César achevait de conquérir la Gaule. Durant cette période, Rufus, son père adoptif, avait combattu dans les rangs des Romains. César avait beaucoup apprécié ce brillant officier, aussi lui avait-il donné des terres et une villa en récompense de ses services.

Rufus était venu s'établir ici, en Gaule Belgique, avec sa première femme. Celle-ci avait succombé à une mauvaise fièvre l'hiver suivant et, passés les premiers mois de tristesse, le riche veuf était tombé éperdument amoureux de la plus belle servante de sa propriété, Claudia, la mère de Iorus ! Depuis leur mariage, Iorus était heureux ; il mangeait à sa faim et vivait dans le luxe. Cependant, il ne pouvait s'empêcher de penser qu'il aurait été plus proche de sa mère si les choses étaient restées comme avant.

« Je n'ai pas à me plaindre, pensa le garçon. Rufus s'est montré bon envers moi et m'a tout de suite considéré comme son fils… »

Il se dirigea vers la bibliothèque. Il était presque sûr d'y trouver son père adoptif, qui aimait se rendre là de bonne heure pour lire ou réfléchir à la gestion du domaine.

– Entre, mon enfant, dit Rufus.

Iorus s'exécuta et alla embrasser son père. C'était un homme assez athlétique, au visage épanoui et à la fine chevelure grise, vêtu d'une magnifique tunique fermée par une broche. Installé dans un fauteuil d'osier, il était occupé à dicter à son secrétaire :

– Je veux que le tombeau que j'ai fait édifier soit achevé suivant les plans que j'ai fixés, en forme d'exèdre, et qu'y soit placée une statue assise, en marbre d'au-delà des mers, ou en feuilles de bronze de belle qualité, et haute de cinq pieds…

– Qu'est-ce que vous faites, père ? demanda Iorus.

– Je prends certaines dispositions. J'ai presque cinquante ans, ce qui signifie que mes meilleures années sont derrière moi. Et puis, on ne sait jamais ce qui peut arriver… Il vaut mieux régler toutes ces choses-là quand on est encore en bonne santé. Je tiens à ce que toi et ta mère ne manquiez de rien le moment venu, tu comprends ?

– Euh… je crois.

Rufus sourit au garçon et lui fit signe de disposer. Iorus sortit de la pièce pendant que le maître des lieux continuait d'énoncer d'une voix au débit régulier :

– Que devant le monument soit dressé un autel, en marbre de Carrare, sculpté du mieux qu'il se pourra, dans lequel seront placées mes cendres…

Iorus passa par le salon d'été, le salon d'hiver et un vestibule avant de déboucher sur le perron de la maison, une immense galerie à colonnade encadrée par deux pavillons d'angle. Une certaine animation régnait dans la cour, où Douriatos, l'intendant, achevait de distribuer les tâches. Trapu mais robuste, Douriatos administrait le domaine d'une main de fer. Le personnel avait appris à craindre le fouet qui pendait à sa ceinture.

Iorus nota la présence de plusieurs paysans, venus de l'extérieur en quête d'un travail. Ces hommes, petits propriétaires ou simples journaliers, paraissaient tous bien pauvres, comme en témoignaient leurs braies[1] et leurs manteaux fatigués. Un personnage, cependant, se détachait du lot. Il était très grand, le visage à moitié dissimulé par une capuche de laine – on n'apercevait que sa barbe –, et il portait un baluchon de voyageur sur son épaule. Il se dégageait de lui une assurance que les autres ne possédaient pas.

– Je dois m'entretenir avec votre maîtresse, dit-il d'une voix rugueuse en s'adressant à Douriatos.

– Et pour quel motif? gronda celui-ci.

– C'est une affaire privée, répondit l'inconnu sans se laisser impressionner. Et de la plus haute importance.

Douratios resta silencieux deux ou trois secondes, puis il postillonna :

– Un vagabond sorti d'on ne sait où qui ose demander une audience privée à la femme du maître ? Mais pour qui te prends-tu ? Qu'est-ce que c'est que cette histoire ?

– Je ne peux en dire davantage…

– Pars d'ici ! Va-t'en avant que je ne te fasse chasser par les chiens !

Déjà, des gardes accouraient, armés de piques et de longs bâtons.

1. Braies : sorte de pantalons des Gaulois.

Un éclair brilla dans les yeux du mystérieux personnage. Iorus vit ses poings se serrer et, l'espace d'un instant, il pensa : « Il va y avoir de la bagarre… »

Mais il se trompait. L'homme inclina la tête, laissant l'ombre envahir la partie inférieure de son visage, et il s'éloigna en direction de la sortie dans un grand mouvement de cape.

Iorus le regarda passer sous l'arcade en pisé, puis disparaître.

Qui était-il ? Pourquoi voulait-il parler à sa mère ?

Il avait été tellement étonné par cette scène qu'il n'avait même pas songé à intervenir pour interroger cet inconnu lui-même.

– Petit maître, fit la voix de Clémentilla dans son dos, venez, c'est l'heure de vos cours.

Chapitre 2

Iorus avait appris à lire et à écrire le latin avec Sabinus, son pédagogue, un vieillard au regard encore malicieux. Sabinus connaissait tous les grands textes anciens : ceux de Virgile, Horace, Cicéron ou Homère. Le jeune Iorus avait un faible pour les poèmes de ce dernier : l'*Iliade* et surtout l'*Odyssée*, qui racontait les aventures d'Ulysse et son long voyage de retour vers son foyer. Par contre, étudier les tables de multiplication lui semblait nettement moins passionnant.

– Tu as du mal à te concentrer aujourd'hui, mon garçon, nota Sabinus au bout d'une heure de cours.

En effet, Iorus suçotait son stylet d'un air rêveur au lieu d'écrire sur sa tablette enduite de cire d'abeille. Il repensait à cet homme étrange chassé par Douriatos. Chose troublante, ce vagabond s'exprimait en bon latin, et non en celte, comme la majorité des gens pauvres. Bizarre…

« Il faudra que j'en parle à ma mère », songea Iorus.

L'après-midi, Iorus se présenta dans les quartiers de la belle Claudia, mais celle-ci était en grande discussion. Verdulia Victoria, une de ses meilleures amies, épouse d'un magistrat riche et respecté, était venue à la villa avec son bébé. Le petit enfant pleurait en sourdine, calmé par une nourrice qui le berçait non loin de là.

– Pour les dents qui percent, disait Claudia, je te conseille le remède suivant : masse-lui les gencives avec un doigt trempé dans la graisse de poule ou la cervelle de lièvre.

– Tu crois ?

– Oui, oui. Tu peux aussi lui entourer le cou avec des lainages imbibés d'huile d'olive chaude.

– Hum… J'ai déjà essayé, et ça ne lui a rien fait du tout.

– Et les cataplasmes de fleur de farine, tu y as pensé ?

– Ah non…

Iorus referma la porte silencieusement. Ce n'était pas le moment de déranger les deux femmes.

– Je vais faire le tour du domaine, lança son père

depuis l'autre bout du couloir. Tu veux venir ?

– Oh oui ! s'écria Iorus.

Il adorait monter à cheval. Il avait sa propre monture, Kallidromos, qu'il chérissait plus que tout au monde. Il aurait bien aimé le brosser, le soigner, bref s'occuper de lui davantage, mais son père disait que c'était le travail des palefreniers, pas le sien. D'une manière générale, Rufus méprisait le travail manuel, qu'il trouvait vulgaire et indigne d'un haut serviteur de Rome.

– Allez, viens, mon garçon, les chevaux sont déjà sellés.

Le père et le fils sortirent de l'écurie, semant la panique parmi les volailles de la basse-cour, puis ils longèrent un alignement de maisons qui abritaient des artisans : potiers, tisserands, charrons, carrossiers, selliers… Tous ces gens subvenaient aux besoins de la propriété et faisaient de chaque villa gallo-romaine un véritable petit royaume autonome !

Les cavaliers franchirent le poste de garde et dépassèrent une colonne de paysans qui partaient aux champs, leur outil sur l'épaule.

C'était une belle journée. Le soleil brillait haut dans le ciel.

Rufus et Iorus firent stopper les montures au sommet d'un front de côte dominant la région avoisinante.

– Un jour, tout cela sera à toi, mon fil, dit Rufus en balayant le panorama du bras.

Iorus gonfla la poitrine. Le domaine s'étendait sur des lieues et des lieues. Il comprenait des plateaux recouverts de forêts, mais aussi de larges dépressions occupées par des cultures et des pâturages. Seule fausse note au milieu de cet immense jardin : une ligne, trop droite pour être le fruit de la nature. Elle traversait le paysage, imperturbable, quels que fussent les accidents du terrain.

La voie romaine !

Non achevée encore, elle se dirigeait vers le nord et la ville de Divodurum[1].

– Tu veux voir ça de plus près ? demanda Rufus.

Le garçon acquiesça.

– Suis-moi. Yaah !

L'ancien centurion lança son cheval au galop. Iorus l'imita, faisant la course avec lui. La vitesse le grisait ; les battements de son cœur se mêlaient au martèlement des sabots. Le père et le fils soulevaient de

1. Divodurum : Metz.

grosses mottes de terre dans leur sillage. Les paysans les regardaient passer avec admiration, car ils étaient tous les deux des cavaliers émérites.

– Hooo, là…

Ils s'arrêtèrent sur la portion de route qui n'était encore qu'un chemin mal entretenu. Des hommes postés de loin en loin avaient planté dans le sol des perches d'un mètre vingt, sur lesquelles étaient fixées des croix horizontales. À chaque extrémité de ces croix pendait un fil à plomb.

– Que font-ils ? demanda Iorus.

– Ce sont des géomètres, expliqua son père, et cet instrument s'appelle une groma. Cela les aide à tracer des routes bien droites.

Plus au sud, d'autres hommes creusaient des fossés de chaque côté de la future voie. Celle-ci se composait de plusieurs couches de cailloux, recouvertes de dalles plates. On comblait les interstices entre les dalles par des pierres plus petites ou de la ferraille.

– Ces routes sont le symbole de la puissance de Rome, affirma Rufus. Tu verras, un jour elles sillonneront toute la Gaule, et peut-être même le monde entier.

Rufus était fier de ses origines. Pour lui, rien n'égalait l'art de vivre des Romains. Quelle autre civilisation pouvait rivaliser avec leur culture, leur architecture, leur religion ? Les Grecs anciens, à qui ils avaient emprunté une partie de leurs dieux ? Oui, peut-être, mais la Grèce était sur le déclin depuis de nombreux siècles… Les Égyptiens ? Il ne restait guère que les pyramides pour témoigner de leur splendeur passée. Les Gaulois ? N'en parlons pas ! Ils ne savaient même pas écrire[1] !

– Allez, viens, retournons à la maison, proposa Rufus. Nous prendrons un bon bain, qu'en dis-tu ?

– D'accord.

Ah, l'eau courante à domicile ! Encore un raffinement apporté par la civilisation romaine !

Les deux cavaliers passèrent devant une sorte de machine à moissonner, poussée par un bœuf, puis ils parvinrent en vue d'une ancienne ferme située en bordure d'une forêt de hêtres. Cette exploitation agricole avait été construite en matériaux périssables, comme c'était la norme avant l'arrivée des Romains. Un incendie avait ravagé toute l'installation cinquante ans plus tôt. Il n'en restait pas grand-chose, à part quelques murets et des poutres calcinées.

1. Le celte était un langage parlé, et non écrit, c'est pourquoi nous en avons conservé si peu de traces…

– Là ! glapit Iorus. J'ai cru voir bouger un gros animal dans ces ruines !

Ils s'approchèrent des vestiges. Soudain, une poignée de chauves-souris s'envola presque sous leur nez.

– Tout doux, mon beau ! ordonna Rufus en tirant sur la bride de son cheval pour le calmer.

Iorus eut juste le temps d'apercevoir une silhouette disparaître entre les arbres, derrière la vieille ferme. Ce manteau ! Cette capuche ! C'était le vagabond, il l'aurait juré !

Troublé, il raconta à son père la scène à laquelle il avait assisté le matin même.

– Douriatos m'en a déjà parlé, confia Rufus. Je vais faire renforcer la surveillance autour de la maison. J'ai horreur de ces miséreux qui espèrent grappiller quelque chose…

Pourquoi cet homme voulait-il voir maman ?

Rufus haussa les épaules :

– Ta mère est une ancienne esclave, et elle a la réputation d'être très généreuse avec ses domestiques. Peut-être ce personnage voulait-il se faire engager à son service ?

Iorus approuva en silence. C'était une bonne explication.

– Oublie tout ça, et rentrons nous décrotter !

Les deux chevaux repartirent au galop.

Le repas du soir terminé, Iorus trouva enfin l'occasion de s'entretenir avec sa mère. Celle-ci fronça les sourcils quand Iorus lui narra en détail les incidents de la journée écoulée.

– Cet homme, décris-le-moi, demanda Claudia en portant à ses lèvres une coupe de vin parfumé au safran.

– Il était grand et fort, et se tenait bien droit. Il avait une voix chaude, grave, et j'ai cru voir une barbe aux reflets roux dépasser de sa capuche.

La jeune femme pâlit légèrement.

– Tu le connais ? demanda son fils, intrigué.

– Non, je… Je ne vois pas qui cela peut être, prétendit-elle, alors que son regard disait le contraire.

– Qu'est-ce qui t'arrive, maman ?

– Rien, c'est… C'est le vin. Je crois que je vais aller me coucher. Tu devrais en faire autant, mon chéri…

Elle se leva et sortit précipitamment de la pièce.

Cette nuit-là, Iorus eut beaucoup de mal à trouver le sommeil. Trop de questions sans réponse tournaient dans sa tête.

Chapitre 3

– Petit, réveille-toi.

Iorus ouvrit les yeux.

– Et ne crie pas.

Une main épaisse comme la patte d'un ours appuya sur sa bouche.

– Je ne te veux pas de mal, tu dois me croire.

La même voix. La même silhouette. C'était lui, l'inconnu !

« Je fais un cauchemar, comme hier avec les tigres et les lions, pensa Iorus. Je vais me réveiller… »

Mû par une sorte de réflexe, il mordit la main de l'inconnu.

« Ce liquide tiède sur le bout ma langue, cette odeur de bouc dans la pièce… »

Trop de détails sollicitaient ses sens. Non, il ne rêvait pas. La gifle qu'il reçut l'instant d'après en fut la brutale confirmation

– Ne m'oblige pas à t'assommer, Iorix. Je n'en ai

pas envie ; mais si tu m'y forces, je le ferai !

Le garçon frotta sa joue en feu. Son cœur battait vite. Et fort.

– Je m'appelle Iorus, dit-il, pas Iorix.

– Si tu veux… mais habille-toi et viens avec moi.

– Comment êtes-vous entré ici ?

– Je t'expliquerai plus tard. Pour l'instant, nous devons partir.

– Hein ?

– Je t'emmène. Allez, debout.

Comme Iorus ne bougeait pas, le colosse le tira hors du lit.

– Mets tes sandales. Enfile ta tunique.

Iorus s'exécuta : le ton de l'intrus était sans appel.

– Qu'est-ce que vous allez me faire ?

– Rien. Je veux juste te parler.

Malgré la sincérité qui perçait dans la voix de cet homme, Iorus tremblait de tout son corps.

– Qu'est-ce que vous nous voulez, à moi et à ma mère ? souffla-t-il, une fois habillé.

– Toutes tes questions auront une réponse, mais d'abord tu dois me suivre.

Il prit le garçon par la main.

– Je… je ne peux pas, bredouilla celui-ci d'une voix mal assurée. Vous me faites peur.

L'inconnu s'accroupit pour se mettre à sa hauteur. Il avait enlevé sa capuche, mais l'obscurité empêchait encore de distinguer clairement ses traits. On voyait seulement sa barbe mal taillée et l'éclat de ses yeux qui brillaient.

– Tu dois me croire, dit l'homme. Je ne te ferai pas de mal. Je vais parler avec toi, et après, si tu le désires, je te laisserai partir. Tu pourras revenir ici.

Encore une fois, il avait l'air sincère. Sa voix grave vibrait d'émotion.

Iorus déglutit.

– Très bien, lâcha-t-il. Je vous suis.

Ils sortirent sans bruit dans l'enfilade de couloirs. Avec la nuit, une atmosphère fantastique avait envahi la maison. La silhouette des statues se découpait à la lueur de la lune qui voguait, mystérieuse, dans l'encadrement des fenêtres. Un hibou hulula au loin. Tout paraissait paisible.

L'homme et l'adolescent rasaient les murs, marquant une pause derrière une colonne ou au creux d'une alcôve. Puis ils reprenaient leur progression à pas feutrés. Après les corridors, il leur fallut traverser le salon d'été en enjambant les corps de plusieurs domestiques qui dormaient à même le sol, au milieu des restes du dîner : boudins, quenelles à moitié mangées, légumes… Vallorix, le serviteur que Iorus n'aimait pas, ronflait bruyamment. Durant une poignée de secondes, l'enfant crut qu'il allait se réveiller.

– Avance, murmura l'inconnu.

Iorus réfléchissait à toute vitesse. Que faire ? Bousculer du pied ce grand récipient posé devant lui, ou encore cette plaque d'ivoire qui traînait par terre ? Un regard furtif jeté au mystérieux colosse le persuada que ce n'était pas une bonne idée. L'homme faisait « non » de la tête, comme s'il avait lu dans ses pensées. Il écarta les pans de son large manteau de voyageur : ce reflet que l'on voyait briller dans le noir, était-ce la lame d'une épée courte ou celle d'un racloir ? Dans les deux cas, le message était clair : s'il donnait l'alerte, le sang allait couler. Iorus se mordit l'intérieur de la joue, reléguant ses envies de fuite à l'arrière-plan de ses pensées.

La dernière alcôve franchie, le duo se retrouva sous le péristyle de l'entrée.

– Qui va là ? aboya une voix.

Douriatos, l'intendant ! Tout dépenaillé, les cheveux en bataille, il paraissait encore plus énervé que d'habitude ; son fouet était dans sa main.

– C'est vous, petit maître ? Et là, qui est cet homme ?

Iorus sentit son cœur se serrer. Tout pouvait arriver.

– Laisse-nous passer, intendant, dit calmement l'inconnu.

– Hein ? Encore toi ? Je te chasse, et tu as l'effronterie de revenir en pleine nuit t'introduire chez mes maîtres ? Ah ! Tu vas voir…

Douriatos leva le bras pour frapper, mais le colosse fut plus rapide. Son poing jaillit et toucha le domestique sous le menton. Douriatos émit un gargouillis étranglé, recula en chancelant et tomba à la renverse. Sa tête rebondit sur les marches du perron avec un bruit mat qui ne laissait augurer rien de bon.

L'inconnu plia un genou au sol, colla son oreille contre la poitrine de sa victime. Celle-ci gisait, étendue en travers du petit escalier, inconsciente.

– Vous… vous l'avez tué ? hoqueta Iorus, soudain gagné par la nausée.

– C'est un accident. Tu l'as bien vu. Il… il est mal tombé.

– Il est mort ? Je veux dire, VRAIMENT mort ?

L'homme hocha la tête.

– Mais… mais… Qu'est-ce que nous allons faire ? balbutia Iorus.

– Partir. Vite.

Il agrippa le garçon et l'entraîna précipitamment.

Ils gagnèrent un endroit de l'enceinte où le mur n'était pas trop haut. Le colosse fit la courte échelle à son jeune compagnon, puis il sauta en l'air, se hissa sur le faîte de la muraille et retomba de l'autre côté avec souplesse.

– Viens, nous allons gagner ce bois, au sommet de la colline.

Les deux fugitifs couraient dans l'herbe. Dès que la lune échappait un instant aux nuages, elle les éclairait presque comme en plein jour. Lorsqu'ils atteignirent la protection des arbres, l'astre de la nuit était de nouveau masqué par de grandes traînées flottantes.

Iorus s'appuya sur un tronc pour reprendre son souffle. Le vent s'engouffrait entre les branches, qui formaient une voûte naturelle au-dessus d'eux.

– Suis-moi, dit le colosse.

Il guida Iorus au milieu des fourrés, des ronceraies. Les ténèbres étaient impénétrables. On entendait de nombreux petits bruits, ici et là, derrière les buissons ou les arbres séculaires. L'homme s'orientait sans hésitation. Il faisait des arrêts fréquents, mais c'était surtout pour s'assurer que son « prisonnier » restait bien derrière lui. Ce dernier commençait à montrer quelques signes de fatigue. Chaque pas lui coûtait. Il n'avait pas dormi son compte d'heures et se sentait terriblement las. Et puis, il ne pouvait s'empêcher de penser au pauvre Douriatos. Juste avant, il respirait, et là, maintenant, il était mort. Comment était-ce possible ? Et que se passait-il quand on mourait ? Il y avait du noir, et rien d'autre ? Du noir pour l'éternité ?

Soudain, un hennissement fit sursauter le garçon.

– Un cheval ?

L'animal les attendait, la bride nouée autour d'une gerbe de branches basses.

– Je te présente Bellator, dit l'inconnu.

C'était une bête splendide et bien soignée.

– Vous l'avez volé ? demanda Iorus.

– Volé ? Ce cheval m'appartient, figure-toi. Je l'ai acheté, il y a des années, à un Syrien qui avait déserté une compagnie d'archers… Mais cela est une autre histoire.

Le colosse prit une couverture posée en travers de l'animal. Il la plaça sur les épaules de Iorus en déclarant :

– Tu dois avoir froid. Mets ça.

Le garçon ne chercha pas à protester ; le fond de l'air était glacial, mordant.

Sans prévenir, l'inconnu sauta à cheval, puis il souleva Iorus et le jeta en croupe, dans son dos.

– Tiens-toi à moi, petit.

Iorus referma ses bras sur le buste du cavalier, qui détacha la bride et cria :

– Yaah !

La bête parut se ramasser sur elle-même avant de bondir, se faufilant entre les arbres comme le vent venu des montagnes.

– Où allons-nous ? fit le garçon.

– Chez des amis.

Ils étaient sortis du bois. Une herbe tendre et verte défilait sous eux.

Bercé par les soubresauts du galop, Iorus s'assoupit peu à peu.

Chapitre 4

Ce matin-là, ce ne fut pas le chant du coq qui réveilla les habitants de la villa, mais bien un cri de panique.

– Que se passe-t-il ? grogna le maître des lieux.

Rufus se leva, enfila un manteau doublé de fourrure pendant que son épouse émergeait avec difficulté des limbes du sommeil.

Une grande effervescence régnait dans les couloirs.

– Maître ! s'exclama Vallorix en apercevant Rufus. Il s'est déroulé un drame affreux, un drame impensable !

– Va à l'essentiel !

– Notre intendant : quelqu'un l'a tué pendant la nuit ! C'est sa femme qui a trouvé le corps.

On conduisit le Romain sur les marches du perron, où l'infortuné Douriatos reposait encore. La compagne du défunt pleurait, consolée par quelques esclaves qui paraissaient sous le choc, eux aussi.

– Son crâne a cogné contre un angle de la pierre, ici, fit remarquer un vieux domestique.

Rufus prit un air sombre.

– Qui a bien pu… ? commença-t-il.

– Maître, j'ai trouvé ça ! lança un garçon qui travaillait aux cuisines en montrant des boulettes de viande qu'il avait ramassées par terre.

Rufus renifla la nourriture :

– Hum, drôle d'odeur !

– Les chiens en ont mangé. Et ils ont eu le sommeil particulièrement lourd cette nuit !

Dame Claudia apparut entre les deux battants de l'entrée, un long châle de laine sur ses épaules. L'inquiétude se lisait dans ses yeux. Elle allait poser une question quand son mari prit les devants :

– Vérifiez si l'on ne vous a dérobé aucun bijou, ma chère. On dirait qu'un gredin de la pire espèce nous a rendu visite.

Des bruits de pas précipités se firent entendre, et l'on vit déboucher sur le perron Clémentilla, la nourrice de Iorus, pâle comme la mort, les yeux débordants de larmes.

– Mon petit maître a disparu ! cria la pauvre femme.

Des « oh » et des « ah » montèrent de l'assistance. Claudia eut un haut-le-corps et s'évanouit.

Iorus se réveilla avec les premières lueurs du jour. Le soleil flamboyait derrière les lointaines montagnes de l'est, les Vosges, comme on les appelait déjà en ces temps anciens.

Le garçon nota que Bellator avait ralenti. Il avançait au pas, la tête fièrement dressée. Ils longeaient une rivière scintillante, dont le murmure produisait une musique agréable à l'oreille.

Les sabots du cheval s'enfonçaient dans un sol argileux qui avait gardé la marque de passages récents : hommes, bêtes, mais aussi chariots. Iorus en déduisit qu'ils approchaient d'une agglomération.

En effet, quelques minutes plus tard, émergeant de la brume matinale, il vit se dessiner les contours d'un oppidum. On avait bâti cette place forte sur une colline constituée de gros blocs solides qui résistaient à l'érosion.

Des cabanes de pêcheurs descendaient jusqu'aux berges de la rivière. Le mur d'enceinte, un mélange de pierres, de poutres et de terre, était d'une épaisseur impressionnante.

Bellator franchit la porte fortifiée. Le garde en faction, un guerrier à la moustache tombante, adressa un petit signe au cavalier et s'effaça en souriant. Ici, visiblement, l'inconnu n'en était pas un.

Iorus regardait les alentours avec curiosité. Pour lui, cet endroit était un monde nouveau, un monde très différent de la villa ou de chefs-lieux comme Divodurum. Aucune colonne, aucune statue de marbre ; les maisons édifiées près de l'enceinte étaient assez sommaires. On pouvait presque les qualifier de huttes. Plus on progressait vers le centre, plus on voyait de façades en pierre, un grès rouge au grain très fin, ou en dalles encastrées.

Ils passèrent devant la maison du forgeron. Celui-ci, un homme courtaud au faciès de bouledogue, était occupé à attiser un feu de charbon de bois. Il se détourna de sa tâche un instant pour observer les nouveaux venus. Son regard inquisiteur frappa Iorus, qui baissa les yeux, mal à l'aise. Une agressivité mal contenue émanait de cet artisan rougeaud.

Le potier, le tanneur ou encore le bijoutier avaient l'air nettement plus sympathiques. Ils souriaient, comme le garde de l'entrée, et le cavalier hochait la tête en retour.

Il arrêta sa monture devant une construction toute en longueur, d'apparence très résistante mais basse de toit. Un homme avec des cheveux blonds tirés en arrière sortit de la demeure pour lancer au colosse :

– Tu as trouvé ce que tu cherchais ?

– Oui. J'aimerais m'isoler quelques minutes avec ce garçon pour discuter. Est-ce possible ?

– Entre, Cénovix, tu sais que ma maison est la tienne.

Le cœur de Iorus fit un bond. « Cénovix ? Mais… c'est le nom de mon père ! Mon vrai père ! Serait-il possible que… ? »

– Merci pour ton hospitalité, l'ami, lança le colosse.

Le Gaulois s'inclina et dit :

– Après ce que nous avons vécu ensemble, c'est la moindre des choses. Entrez donc. Je vais vous préparer une collation.

L'homme et le garçon descendirent de cheval. Ils pénétrèrent dans une grande pièce dont le sol avait été creusé, ce qui expliquait pourquoi le toit paraissait si bas, vu de l'extérieur. Aucune fenêtre ici. La seule lumière provenait d'un feu qui craquait et rougeoyait dans un coin. Le mobilier était réduit à sa plus simple expression : un lit-banquette, une table, des tabourets grossièrement taillés.

– Assieds-toi, dit l'homme.

Iorus prit place sur la banquette, le long du mur.

Le colosse ramena sa capuche en arrière, et Iorus eut de nouveau un choc. Ce visage lui était étrangement familier. Il avait l'impression de contempler ses propres traits, en plus dur, comme marqués par les épreuves d'une existence difficile. La peau de l'énigmatique personnage était pareille à du vieux cuir. Sa barbe broussailleuse encadrait un nez et des pommettes bien dessinées.

– Tout à l'heure, on vous a appelé Cé… Cénovix, bredouilla le garçon.

– C'est mon nom.

– Mon père aussi s'appelait Cénovix.

– Rien d'étonnant à cela : je suis ton père !

Chapitre 5

Sur l'instant, Iorus fut content d'être assis, car il sentit ses jambes qui mollissaient. Un froid pénétrant s'insinuait en lui malgré la proximité du feu de bois.

« Non… C'est impossible ! »

Une part de son esprit luttait contre les propos de l'inconnu. Mais cette lutte était vaine, car il reconnaissait sans ambiguïté ce front haut, ces sourcils expressifs, ce nez droit…

Il essaya quand même de se rebiffer :

– C'est… ce n'est pas vrai. Ma mère m'a dit que vous étiez mort.

– Elle a menti. Elle ne m'a jamais pardonné de l'avoir quittée alors qu'elle était enceinte de toi.

Cénovix jeta par terre son lourd manteau-cape et s'assit sur la table.

– Je… je ne vous crois pas, hoqueta le garçon.

– Lis au fond de ton cœur, et tu sauras où est la vérité.

Iorus nageait en pleine confusion. Il essuya deux larmes, mais son regard lançait des éclairs. Il se mordait la lèvre inférieure et serrait les poings, comme s'il était sur le point de se battre.

– Pourquoi êtes-vous parti ? lança-t-il après avoir péniblement avalé sa salive.

– C'était la guerre. Vercingétorix allait être écrasé par des forces très supérieures en nombre, là-bas, à Alésia. J'ai rejoint l'armée de secours qui devait lui venir en aide. C'était une question d'honneur, tu comprends ? Je ne pouvais pas laisser mes amis y aller sans moi, même si nous savions notre cause perdue d'avance.

– Comment cela ?

– Les défenses romaines étaient infranchissables. Ils avaient construit des fortifications tout autour de l'*oppidum*. Malgré notre détermination, nous n'avons jamais pu rallier Vercingétorix et ses derniers fidèles.

Un silence s'installa dans la pièce, troublé seulement par le crépitement du feu.

La porte s'ouvrit. C'était l'homme blond, le propriétaire de cette curieuse maison enfoncée dans le sol. Il apportait de la cervoise, du pain et du miel.

– Merci, Tarvos, mon vieux compagnon d'armes, dit Cénovix.

Tarvos sourit, puis disparut comme il était venu, sans rien dire.

– Nous avons combattu côte à côte, lui et moi, raconta Cénovix. Ça crée des liens.

– Il était à Alésia ?

– Oui. Nous avons été capturés tous les deux le même jour ; mais lui, il a réussi à s'échapper.

– Et vous ?

– J'ai été envoyé à Rome comme esclave, les chaînes aux pieds. Là-bas, on a fait de moi un tueur, un gladiateur traîné d'arène en arène. J'ai dû me battre pour survivre. C'était très dur… mais je possédais quelque chose que la plupart des autres combattants n'avaient pas : un trésor secret. Le soir, avant de m'endormir, je pensais à Claudia et à toi. Je ne te connaissais pas, alors je t'imaginais ; je te rêvais… Et je puisais toute ma force dans cet espoir fou : revoir un jour ma femme et mon enfant !

C'était au tour de Cénovix d'avoir les larmes aux yeux.

Iorus était époustouflé : « Mon père ? Un gladiateur ? »

– Il m'a fallu dix ans pour racheter ma liberté, reprit Cénovix. Et deux autres années pour retrouver votre trace, à toi et à ta mère. Comme elle avait changé de nom, ça n'a pas été facile. Heureusement, les registres de l'administration romaine sont bien conçus, je dois au moins leur reconnaître cette qualité.

Il tendit à son fils la nourriture apportée par Tarvos.

– Je... je n'ai pas faim, dit le garçon.

– Mange. On a besoin de forces, à ton âge.

– Merci, ça va.

– Mange ! ordonna Cénovix.

La puissance de sa voix avait fait trembler la toiture en chaume. Iorus coupa une tranche de pain, qu'il tartina de miel, puis il l'avala en trois bouchées. Son père remplit un gobelet de cervoise et but quelques gorgées à longs traits.

– Je désire que tu viennes vivre avec moi, déclara Cénovix, les lèvres encore humides.

– Hein ?

– J'ai proposé la même chose à ta mère. Elle a refusé. Elle m'en veut toujours de l'avoir laissée seule avec un enfant à élever. Je n'avais pas le choix ; mais ça, elle ne le comprend pas. Je crois qu'elle m'en voudra jusqu'à la fin de ses jours...

Des sentiments contradictoires s'affrontaient dans l'esprit de Iorus, en proie à un véritable ouragan intérieur. Il ferma les yeux une ou deux secondes, comme pour faire le tri parmi toutes ses pensées.

– C'est que… j'aime ma mère, dit-il d'une voix timide. Et j'aime mon père adoptif.

– Ce Romain ? s'emporta Cénovix en projetant son gobelet vide contre un mur.

– Il m'a donné beaucoup.

– Les Romains ne donnent pas : ils imposent ! Ils écrasent, car ils sont persuadés d'être supérieurs, de détenir la vérité ! Crois-moi, je les connais. Ils n'ont que mépris pour les autres peuples, les autres races. Ils…

Le colosse s'astreignit au calme. Sa poitrine se soulevait au rythme de sa puissante respiration. Ses narines frémissaient.

– Il est exclu que tu grandisses au milieu des Romains, dit-il en détachant chaque syllabe. Tu vas bientôt devenir un homme. Tu dois connaître tes racines.

Iorus ne savait pas quoi répondre. Il n'était sûr que d'une seule chose.

– Je veux revoir ma mère, lâcha-t-il d'une voix tremblante.

Cénovix s'approcha de lui. Plongeant son regard dans celui du garçon, comme s'il cherchait à lui communiquer son intime conviction, il supplia :

– Laisse-moi une chance, mon fils. Je suis sûr que,

si tu apprends à mieux me connaître, tu choisiras de rester avec moi. Nous avons tellement de temps à rattraper, tous les deux !

Cénovix avait empoigné Iorus par les épaules en prononçant cette dernière phrase.

Le garçon se dégagea vivement :

– Vous m'aviez promis que je pourrais retourner à la villa si tel était mon désir.

– Moi vivant, ce n'est pas un Romain qui fera ton éducation !

– Vous êtes un menteur ! Je comprends pourquoi ma mère ne veut plus vous voir.

Iorus s'était levé, sous le coup de la colère, mais la gifle qu'il reçut en guise de réponse le projeta de nouveau sur la banquette.

– Tu ne me laisses pas le choix, soupira son père, le visage pâle et tendu. Je vais t'emmener avec moi, que cela te plaise ou non. Si, dans quelques mois, tu es toujours persuadé que ta place est parmi les Romains, alors je te ramènerai, je t'en donne ma parole.

– Votre parole n'a aucune valeur à mes yeux, siffla Iorus, la mâchoire serrée.

– Pense ce que tu veux. J'ai raison. Je sais que j'ai raison.

Son visage n'était plus qu'un masque effrayant, un masque de farouche détermination :

– Tu verras : tu me remercieras de t'avoir un peu forcé la main.

Le garçon se contenta de défier Cénovix du regard.

– Lève-toi, dit celui-ci. Une longue route nous attend.

Le fidèle Tarvos leur donna de l'eau, des provisions, ainsi qu'un arc en bois d'if et un carquois bien rempli.

Puis vint le moment du départ.

– Merci encore, mon ami, dit Cénovix en serrant dans ses bras celui avec qui il avait jadis affronté mille dangers.

– Tu es certain que tu ne veux pas rester parmi nous ? demanda le guerrier blond.

– C'est impossible. J'ai tué un valet des Romains. Je vais être recherché. Je ne désire pas attirer le danger sur la communauté.

– Où vas-tu aller ?

– J'emmène mon fils en Germanie, une des rares contrées où nos ennemis n'ont pas encore réussi à imposer leur loi. Je connais bien la région, ne t'inquiète pas. Dans trois ou quatre jours, nous aurons atteint les berges du Rhin.

– Sois prudent, Cénovix. Il y a beaucoup de garnisons entre ici et la frontière.

– Ils ne nous attraperont pas, déclara le colosse avec une tranquille assurance.

Il sauta à cheval, hissa Iorus, et cogna du talon les côtes de l'animal.

– Yahhh !

Tarvos regarda le père et le fils disparaître au détour d'une rue étroite, puis il rentra dans sa maison, l'air soucieux.

Caché à l'angle d'une habitation non loin de là, le forgeron au visage ingrat n'avait rien perdu de cette scène. Il esquissa un sourire mauvais.

Chapitre 6

Claudia séchait ses larmes, assise sur son lit. Elle avait repris des couleurs, mais paraissait encore faible. Debout à côté d'elle, les bras croisés, son mari la toisait d'un air de reproche. Il ne la frapperait pas, non. Il n'était pas d'un naturel violent… Néanmoins, cette façon qu'il avait de la regarder lui donnait froid dans le dos, car il faisait des efforts visibles pour se dominer.

– Je crois que tu me dois quelques explications, femme, lâcha Rufus après un long silence.

Claudia poussa un gros soupir et parut se ratatiner sur elle-même. Elle venait d'avouer à Rufus qu'elle connaissait le ravisseur de Iorus, ou plutôt qu'elle pensait le connaître. Inspirant profondément, elle dit :

– La semaine dernière, je me suis rendue à Divodurum, tu t'en souviens ?

– Certes. Tu voulais te faire coiffer par Fistus, si ma mémoire est bonne.

– C'est exact. J'en ai profité pour visiter le nouveau marché, tout près du forum. C'est là que Cénovix m'a abordée ; il était habillé comme un mendiant.

– Tes serviteurs l'ont laissé faire ?

– Ils n'ont rien vu. Vallorix admirait le travail des céramiques, et Julius discutait avec une marchande fort à son goût. Cénovix m'a entraînée dans une venelle. J'étais sur le point d'appeler au secours quand je l'ai reconnu.

La jeune femme revivait la scène, luttant pour contenir son émotion. Ses lèvres tremblaient. Ses yeux encore gonflés se perdaient dans le vague.

– Il m'a dit qu'il avait été esclave, puis gladiateur. Il m'a dit qu'il était libre à présent, et qu'il voulait vivre avec moi, avec son fils. Je... j'ai eu peur. Je l'ai repoussé. « Va-t'en ! ai-je crié. Tu ne peux pas revenir comme cela, après douze années. Tu es sorti de ma vie ! »

– Quelle a été sa réaction ?

– J'ai cru qu'il allait se mettre à pleurer. Il ressemblait à un enfant qui vient de se faire gronder. Il s'est enfui très vite, car Vallorix et Julius venaient d'apparaître à l'autre extrémité de la ruelle, inquiets de ma disparition. J'ai prétendu que je m'étais perdue. Je faisais de mon mieux pour masquer mon trouble, mais j'étais bouleversée.

Rufus se radoucit. Il caressa le visage de sa femme du revers de la main.

– Tout s'explique, dit-il. Cénovix a tenté encore une fois de te parler, hier, mais Douriatos l'a chassé. La nuit venue, il a tué ce pauvre Douriatos, pour se venger ou parce qu'il l'avait surpris… Et il a enlevé Iorus !

Il ramena son poing serré jusqu'à son menton.

– As-tu une idée de ses projets ? Que compte-t-il faire ?

– Je n'en sais rien, je t'assure…

– Il a des amis dans la région ?

– Je l'ignore. Quand je l'ai connu, nous habitions près de Cénabum[1].

Le maître des lieux s'éloigna de quelques pas pour s'installer à son bureau.

– Il faut prévenir sur-le-champ les autorités. Je vais faire porter une missive à mon ami Quintus, le préfet. C'est un homme influent. Il nous aidera à organiser la traque.

Claudia se prit la tête dans les mains.

– Je ne peux pas croire que tout cela soit arrivé, gémit-elle.

1. Cénabum : Orléans.

– Tu aurais dû m'avertir le jour où ce fou furieux t'a abordée, grinça Rufus. Nous n'en serions peut-être pas là.

– Je… je croyais vraiment qu'il me laisserait tranquille, qu'il partirait.

Rufus s'arrêta d'écrire pour dévisager son épouse.

– Réponds-moi sans détour, demanda-t-il. Quels sont tes sentiments pour cet homme ? Lorsqu'il t'a proposé de le suivre, as-tu été tentée ?

La jeune femme déglutit :

– Je l'ai aimé par le passé, c'est vrai. Mais cette époque est révolue. Il n'est plus rien pour moi… Tout ce que je veux, c'est récupérer mon fils et vivre à tes côtés, comme avant.

– Ne t'inquiète pas, nous retrouverons *notre* fils. J'en fais le serment.

Au même moment, de l'autre côté des montagnes vosgiennes, un homme avançait à pied sur un chemin de terre balayé par les vents. Cet homme, pas très grand, portait des vêtements épais et avait pour tout équipement une épée bizarre et une besace en bandoulière. Ses yeux bridés, son nez court et sa peau couleur de parchemin trahissaient ses origines lointaines.

Musachi était son nom.

Il marchait sans hâte, mais sans traîner non plus, minuscule point en mouvement, perdu dans la vallée.

Musachi repéra de loin la bâtisse qui s'élevait au bord du chemin : c'était la seule construction humaine à des lieues à la ronde. Une cour fermée, carrée, une écurie pour accueillir les chevaux, une auberge pour les hommes.

Quand le voyageur entra dans la grande salle, une brise froide pénétra avec lui. Il s'assit sur un tabouret fait du même bois que la table. La pièce était éclairée par quatre lanternes accrochées à des poutres basses. Une grosse femme aux épaules voûtées vint prendre sa commande.

– Je veux manger, dit l'étranger.

– Et boire ?

– De l'eau, c'est tout.

La femme repartit vers les cuisines. Musachi retira sa cape de voyage.

Quelques minutes plus tard, un homme à la face patibulaire apparut. Il posa un gobelet et une assiette devant l'Asiatique.

– C'est quoi ? s'enquit celui-ci.

– De la bouillie d'orge, avec des morceaux de lard. Ça vous convient ?

– Oui.

L'aubergiste allait faire volte-face quand Musachi l'interpella :

– Attendez.

Il sortit un parchemin de sa musette. Un portrait était dessiné sur le papier. Il représentait un homme barbu d'à peu près quarante ans, dont le visage exprimait une énergie et une volonté de fer.

– Il s'appelle Cénovix, dit Musachi. Je suis à sa recherche. Serait-il passé par chez vous ?

– Cénovix ?... Nan, ça ne me dit rien du tout. Désolé.

L'homme repartit en s'essuyant les mains sur son tablier graisseux.

Musachi avala la nourriture. C'était infect. Décidément, il ne s'habituerait jamais aux goûts alimentaires des peuples de l'ouest. Il se força à terminer son assiette, vida son gobelet, puis se leva.

« Où es-tu, Cénovix ? songeait-il, le regard fiévreux. Pars jusqu'au bout du monde si ça te chante, tu ne pourras pas m'échapper... »

Musachi ajusta sa cape sur ses épaules, jeta une piécette sur la table, puis sortit.

La grosse femme et son époux coururent à la porte et glissèrent un coup d'œil dehors.

L'étranger s'éloignait, ses longs cheveux noirs flottant dans le vent.

Il ressemblait à un oiseau de nuit.

Chapitre 7

Iorus et Cénovix chevauchaient au milieu d'un paysage sauvage. Tout autour d'eux, des pins sylvestres à l'écorce couleur saumon semblaient décidés à atteindre le ciel. Leurs aiguilles d'un vert bleuâtre auraient presque pu chatouiller les nuages qui s'effilochaient juste au-dessus d'eux.

Cénovix pressait l'allure, bien que le terrain devînt de plus en plus chaotique : ornières, talus, fondrières rendaient la progression difficile. Le colosse n'avait pas échangé un seul mot avec Iorus depuis leur départ du bourg, le matin. Une hostilité sourde émanait du garçon ; Cénovix pouvait presque la sentir.

Soudain, Bellator se prit le sabot dans un trou particulièrement bien dissimulé. L'animal bascula de tout son poids. Le fils roula d'un côté, le père de l'autre. La tête de Cénovix cogna durement le gros rocher qui se trouvait sur sa trajectoire.

– Haaa !

Iorus leva les yeux, étourdi. Le cheval poussait des hennissements à vous fendre le cœur. Ses sabots raclaient la terre. Il avait une jambe cassée et essayait vainement de se redresser. Cénovix gisait toujours au pied du rocher, gros tas de vêtements inerte. Des rigoles de sang coulaient sur la pierre.

Le garçon avança prudemment. Arrivé au niveau du cheval, il se ravisa. Il ne savait pas quoi faire. Les hennissements de Bellator lui déchiraient les oreilles et le terrifiaient.

Soudain, il sursauta. Le monticule de vêtements venait de bouger ! Cénovix grogna quelque chose. Il n'était pas mort.

Iorus fit demi-tour, et il se mit à courir, courir ! Il courait aussi vite que ses jambes le lui permettaient. Peu à peu, une sorte d'exaltation le gagna. La forêt devint une masse floue, une mosaïque de taches colorées. L'air vif sifflait à ses oreilles. Des myriades d'odeurs – celle des animaux, des fleurs, des arbres, de la résine oh combien enivrante – assaillaient ses narines. Il avait la poitrine en feu, mais il s'en moquait. Il se sentait plus vivant que jamais. Il était libre !

Une pensée le heurta avec violence : « Je n'ai emporté aucune provision ! Je n'ai même pas songé à me servir quand j'en avais l'occasion ! »

Il s'arrêta, furieux contre lui-même ; il en profita pour calmer le rythme de sa respiration.

Il avait soif, et des points noirs dansaient devant ses yeux.

« Qu'est-ce que je fais ? J'essaie d'y retourner ? Mon père est peut-être encore à demi assommé. Il a pris un sacré coup… »

Une fois de plus, l'indécision le taraudait : « Et si je… »

Un rugissement mit un terme à ses réflexions.

Un ours ! Il en avait déjà vu plusieurs, tenus en laisse par des bateleurs, à Divodurum, mais ils n'étaient pas aussi gros que celui-là.

La créature avait surgi des buissons, juste à côté de lui, et elle le contemplait d'un œil gourmand, dressée sur ses lourdes pattes arrière.

L'ours agitait furieusement ses pattes avant, terminées par d'immenses griffes, arrachant au passage quelques bouts d'écorce sur les troncs d'arbres. Sa mâchoire ouverte dévoilait des crocs baveux. Iorus crut qu'il allait défaillir. La peur, non, la terreur, le clouait sur place, comme dans son cauchemar.

« Reculer, tout doucement… Ne pas provoquer ce monstre… »

Car il s'agissait bien d'un monstre, une montagne

de poils bruns, capable de déraciner un jeune chêne !

Iorus essaya de faire un pas en arrière, mais ses pieds restaient obstinément collés au tapis de feuilles et d'aiguilles de pin.

Un nouveau rugissement lui ébouriffa les cheveux. Il refoula son envie de vomir alors que l'haleine putride du prédateur fouettait son visage.

Soudain, il fut bousculé, projeté deux mètres plus loin. C'était Cénovix qui chargeait en hurlant. Iorus vit l'imposante masse de fourrure se refermer sur son père, comme si l'ours avait voulu l'étreindre, lui donner l'accolade. La bête rugit, de douleur cette fois : l'éclat froid d'une lame brillait au milieu de son pelage.

Un coup de patte envoya Cénovix rebondir contre un arbre. Le sang jaillissait par saccades de son bras. Il se releva, la bouche tordue, et chargea de nouveau. Son épée s'enfonça dans le poitrail de l'ours, encore et encore. Les griffes lacéraient à présent le dos du guerrier. Elles mettaient sa tunique en lambeaux, traçaient des sillons sanglants entre ses omoplates. Cénovix lança son bras vers le haut : il embrocha son adversaire juste sous le museau. L'ours émit un gargouillis, cracha un jet de bave et de sang, puis il s'effondra lourdement.

Le père de Iorus se tenait debout, pantelant. Il prit

appui sur un arbre avant de dire d'une voix rauque :

– Ne t'avise pas de recommencer une chose pareille, petit ! La forêt est dangereuse pour qui ne la connaît pas. Sans moi, tu n'y survivrais pas deux heures.

Iorus se releva, ôta les aiguilles de pin collées à ses joues, à son front. Il fixait l'adulte d'un air de défi, mais se tint coi. Cet homme, quels que fussent ses défauts, venait de lui sauver la vie. Il avait envie de dire merci, mais les mots ne parvenaient pas à franchir ses lèvres.

Cénovix se tourna vers l'ours.

– Au moins, on aura de la viande fraîche ce soir, lâcha-t-il dans un souffle.

Une battue avait été organisée autour de la villa et, en milieu d'après-midi, on avait trouvé un morceau de tissu accroché à des ronces. C'était maigre comme indice, mais cela donnait une idée de la direction choisie par Cénovix : l'est.

Rufus avait aussitôt fait seller six chevaux, un pour lui et cinq pour ses gardes les plus valeureux. Un âne transporterait leurs bagages.

– Nous sommes prêts, maître, annonça l'un des cavaliers.

– Très bien.

Rufus embrassa sa femme. Il avait fière allure dans sa tenue de centurion, ressortie de ses malles pour la circonstance. Une cuirasse de type grec épousait la musculature de sa poitrine. Un casque à plumet rouge coiffait sa tête. Le glaive réglementaire pendait à sa ceinture.

– Sois prudent. S'il vous arrivait quelque chose, à toi ou à Iorus, je ne le supporterais pas…

– Ne t'inquiète pas. Je serai de retour dans une poignée de jours. Avec notre fils.

Un dernier baiser, et l'ancien centurion donna le signal du départ.

– Yaaah !

La chasse était ouverte.

Chapitre 8

C'était la nuit. Les étoiles brillaient dans le ciel, et la température avait décru.

La lueur rouge du feu se reflétait sur le visage du père et du fils. Ils mangeaient en silence, perdus dans leurs pensées.

Iorus songeait à sa mère, bien sûr, mais aussi à Rufus, l'homme qui l'avait élevé. Ils devaient être fous d'inquiétude, tous les deux…

Son regard se posa sur Cénovix, en train de dévorer la viande. Une vraie force de la nature, celui-là !

Iorus avait été très impressionné par ses récents exploits. Le combat contre l'ours terminé, le guerrier et son fils étaient revenus jusqu'au cheval blessé. Cénovix avait abrégé les souffrances de Bellator en l'égorgeant, puis il s'était assis et il avait recousu sa plaie au bras avec une aiguille – un os pointu, aurait-on dit – et un gros fil.

Iorus, quant à lui, s'était chargé de soigner les griffures dans son dos.

– Qu'est-ce que tu regardes ainsi ? avait demandé l'ancien gladiateur en voyant la mine désemparée du garçon quand il avait enlevé sa tunique.

– Rien, avait hoqueté Iorus.

En vérité, il était resté estomaqué devant les dizaines de cicatrices, plus ou moins profondes, plus ou moins longues, qui striaient le buste du colosse. Il avait étalé de la pommade sur les plaies ouvertes. Ensuite, son père lui avait fait appliquer dessus un cataplasme d'herbes à l'odeur un peu écœurante. Cénovix n'avait pas laissé échapper une seule plainte durant les soins ; à peine avait-il grimacé à certains moments.

– C'est dans l'arène que vous avez appris à vous battre comme ça ? fit le garçon après quelques hésitations.

Cénovix le regarda bizarrement. Le feu éclairait son visage par en dessous, lui donnant un air lugubre.

– Me battre comment ?

– Ben… comme avec l'ours, cet après-midi. C'était incroyable… Je n'avais jamais rien vu de pareil. Vous aviez déjà combattu un ours ?

Le guerrier eut un sourire dénué de joie :

– Hum, je crois bien que je me suis battu contre tout ce qui marche ou rampe sur cette terre…

– Racontez-moi comment cela se passait dans l'arène : le fracas des armes, les armures étincelantes, les cris du public, la gloire… Ce devait être une expérience prodigieuse, pas vrai ?

– « Prodigieux » n'est pas exactement le mot qui me vient à l'esprit quand je repense à tout ça… Tu tiens vraiment à ce que je te raconte ?

– Oui, oui, s'il vous plaît.

Cénovix jeta une branche dans le feu pour l'alimenter. Il le fixait sans ciller, fasciné, comme s'il avait vu des fantômes s'agiter parmi les flammes. Puis il se mit à parler, lentement, d'un ton grave :

– Tout d'abord, il y avait l'attente dans le sombre passage voûté qui conduisait à l'arène. On se regardait les uns les autres, pleins de méfiance. On ne se connaissait pas, pour la plupart. Tout ce qu'on savait, c'était qu'on allait bientôt s'entretuer. L'endroit suintait l'humidité… et la peur, bien que chaque combattant fît de son mieux pour la dissimuler. Il y avait cette lumière, tout au bout du tunnel. Elle faisait luire les casques empanachés, les plastrons soigneusement astiqués. Le soleil projetait l'ombre de la grille par terre, un véritable damier. Après tout, nous n'étions rien d'autre que des pions. On percevait le brouhaha de la foule qui s'installait, ainsi que les cuivres ronflants de l'orchestre. On essayait de ne plus penser à rien, mais c'était dur.

Le jeune garçon semblait envoûté :

– Vous aviez quoi comme armes ?

– Poignard, filet et trident, répondit son père. J'étais un rétiaire. Je me battais nu, ou presque, sans protections. La plupart du temps, j'affrontais des adversaires lourdement cuirassés, portant casque et bouclier, les mirmillons. L'agilité contre la force. La rapidité contre la puissance. C'était la règle d'or établie par les organisateurs pour obtenir un spectacle… intéressant.

– Vous avez remporté combien de victoires ?

– Beaucoup.

– Vingt ?

– Plus que ça…

– Trente ?

– Plus encore.

– Pas cinquante quand même ? souffla le garçon, impressionné.

– J'ai fait couler beaucoup de sang. Tu n'as pas besoin d'en savoir plus. Sache que je n'en tire aucune fierté. Tout ce que je voulais, c'était devenir libre… pour te retrouver.

– Vous n'avez jamais perdu un combat ?

– Non, bien qu'une fois j'aie vraiment cru ma dernière heure arrivée. J'affrontais un gladiateur venu d'Orient. Il avait une drôle de façon de se battre. Il m'a grièvement blessé, mais j'ai réussi à le jeter au sol. Le public a choisi de l'épargner, car il avait fait preuve d'une grande bravoure. Moi, j'ai passé six mois alité ; ma blessure était très grave… Je n'oublierai jamais le regard de ce petit homme aux yeux bridés. Il flamboyait littéralement.

Cénovix cligna des yeux, comme s'il avait émergé d'un songe.

– Tu ferais mieux de dormir, mon fils. Il est tard, et demain il nous faudra beaucoup marcher.

Iorus protesta :

– Vous ne m'avez pas raconté la suite ! Une fois dans l'arène, qu'est-ce qui se passait ?

Le faciès bourru de Cénovix s'éclaira :

– Je constate que tu es aussi têtu que ta mère !

– Ah bon ? Elle a toujours soutenu que je tenais ça de vous.

Cette fois, Cénovix éclata franchement de rire. C'était la première fois que Iorus entendait ce rire, et il en apprécia la pureté.

– Racontez-moi, s'il vous plaît…

Le visage de Cénovix s'assombrit à mesure qu'il replongeait dans ses souvenirs.

– À l'appel des trompettes, la grille se soulevait. Elle grinçait et gémissait comme une vieille femme ; il y avait toujours du sable qui grippait ses mécanismes… Dès que l'on mettait le pied dans l'arène, c'était l'hystérie. Une immense clameur montait des gradins. L'excitation du public était presque palpable : on pouvait sentir l'air vibrer.

– Et après ?

– On allait saluer l'organisateur des jeux, le plus souvent un politicien désireux de se faire bien voir de la populace. C'est ainsi que j'ai rencontré Jules César, une fois. Il est descendu de sa loge pour vérifier lui-même notre équipement.

– Il t'a semblé comment ?

– Solide et froid comme le marbre…

– On vérifiait vos armes à chaque fois ?

– Oui. Ce rôle était dévolu à l'arbitre, généralement. Les lames devaient être parfaitement effilées et tranchantes. La qualité de nos prestations en dépendait, tu comprends ?

Iorus fit oui de la tête.

– Après cela, on s'échauffait pendant quelques minutes, enchaînant les passes avec une certaine retenue. Puis la musique explosait : les cors, les trompettes, les clairons. Il y avait même un orgue, des fois ! C'était le *signum pugnae*, le signal du combat ! La suite était simple : les duels ne s'arrêtaient que lorsqu'un des deux adversaires était mort, ou bien gravement blessé, trop éprouvé pour tenir debout. La foule décidait de son sort : pouce levé, la vie ; pouce baissé, la mort. « Égorge ! Égorge ! » criaient les spectateurs quand les pouces étaient tournés vers le bas… Alors on achevait les moribonds, que cela nous plaise ou non… Une fois que tous les vaincus avaient rendu leur dernier soupir, la musique s'arrêtait. Je t'assure qu'il régnait une odeur effroyable dans l'arène, surtout quand le soleil tapait dur. Le charnier puait le sang, bien sûr, mais aussi l'urine, le vomi et les excréments. Cela n'avait rien de « prodigieux », comme tu dis. C'était plutôt épouvantable.

Iorus grimaça :

– Je n'avais jamais songé à ça.

– Dors, maintenant. Et ne t'inquiète pas pour les ours ou les loups. Le feu les tiendra à distance.

Iorus aurait voulu en apprendre davantage, mais il se sentait harassé. Sa tête dodelinait, et ses paupières se fermaient toutes seules. Il se roula dans sa couverture, vaincu par la fatigue, et s'endormit aussitôt.

Chapitre 9

Rufus enrageait : dans tous les villages qu'il traversait, les habitants n'avaient rien vu, rien entendu…

« Sûrement la solidarité gauloise », ressassait-il.

– Nous ne connaissons personne qui s'appelle Cénovix, affirma Tarvos en soutenant sans ciller le regard du père adoptif de Iorus.

– Très bien, soupira celui-ci.

Il commençait à désespérer.

– Venez, dit-il à sa suite.

Les cavaliers sortirent de l'oppidum pendant que les villageois braquaient sur eux des yeux méfiants.

– Où allons-nous, à présent, maître ? demanda l'un des gardes du corps.

– Je ne sais pas, répondit l'ancien centurion. Je ne sais vraiment pas.

Ils décidèrent de camper au bord de la rivière, car ils n'avaient quasiment pas pris de repos depuis leur départ. Rufus s'assit sur un rocher, non loin de l'eau, pour réfléchir à l'écart du groupe. Il toucha à peine au ragoût que ses serviteurs avaient préparé pour lui. La frustration lui nouait l'estomac.

« Je dois me mettre à la place de Cénovix… Que ferais-je si j'étais lui ? »

Un bruit de sabots alerta le campement. Rufus mit la main sur la poignée de son glaive.

– Qui est ce cavalier ? lâcha-t-il, les yeux plissés.

– Je l'ai aperçu au village, répondit l'un de ses hommes. Un forgeron, si ma mémoire est bonne.

C'était le personnage qui avait espionné Iorus et Cénovix durant leur entrevue avec Tarvos, la veille. Il mit pied à terre et raconta son histoire sans se faire prier. Rufus avait du mal à cacher sa joie. Enfin des renseignements !

– Et tu dis qu'ils allaient dans quelle direction ?

– Vers la frontière, fit l'autre sans hésiter. Ils veulent traverser le Rhin pour se rendre en Germanie.

« La frontière, bien sûr ! songea Rufus. C'est logique ! »

Il laissa passer un moment ; puis, restant sur le ton de la conversation, il avança :

– Il n'y a qu'une seule chose qui me laisse perplexe dans ta démarche, l'ami.

– Ah ?

– Quelle est ta motivation ? As-tu une rancune personnelle contre Cénovix ?

– Non, je... je suis juste un honnête travailleur qui apprécie la paix romaine et ses bienfaits.

Nouveau silence.

– C'est tout ? fit Rufus.

Le forgeron rougit comme le métal qu'il avait coutume de marteler sur son enclume :

– Ma foi... Eh bien, si vous pouviez récompenser mon geste par un modeste présent... quelques pièces d'argent ou un panier de victuailles, par exemple, bien entendu, je ne serais pas contre. C'est que les temps sont durs pour nous autres, artisans...

– Hum, je vois... Je comprends mieux.

Le Romain fit une grimace qui ressemblait à un sourire crispé :

– Vois avec mes hommes. Ils vont te dédommager pour ta peine.

Le traître s'inclina respectueusement et s'éloigna à reculons.

Pendant ce temps, Cénovix et Iorus marchaient à un bon rythme.

Ils étaient sortis de la forêt, avaient descendu une

pente assez raide et se préparaient à entamer la montée de la colline, en face, se dirigeant vers le col du Donon.

Iorus continuait d'interroger son père sur ses années de gladiateur. Comment était la vie dans les casernes ? Y avait-il des classes de combattants autres que les fameux rétiaires et mirmillons ? De quelle époque dataient les premiers duels ?

– Tu ferais mieux d'économiser ton souffle ! grommela Cénovix. Cette pente est rude.

– Allez, racontez-moi…

– Bon, d'accord, mais regarde où tu mets les pieds. Le sol est meuble, et je ne veux pas aller te rechercher tout en bas si tu glisses.

– Bien, p…

Iorus, qui avait failli dire « père », se tut, gêné. Il ne se sentait pas encore prêt à appeler Cénovix de cette façon. Son père, c'était Rufus ! Rufus, qui l'avait élevé pendant douze années, qui avait pris soin de lui et de sa mère. C'était aussi important que les liens du sang. Plus, même…

Cénovix parlait tout en marchant, les yeux fixés sur la prochaine crête.

– Je ne sais pas de quand datent les premiers combats. Tout ce que je sais, c'est qu'au début il ne s'agissait pas d'un spectacle mais d'un sacrifice rituel.

Quand un chef de guerre victorieux mourait, on égorgeait des prisonniers sur sa tombe. Le sang des vaincus était censé apporter un peu de vie et de chaleur à la dépouille enterrée. Parfois, on allait jusqu'à sacrifier les enfants de l'ennemi.

Iorus ne put s'empêcher de penser aux récits d'Homère. Il se souvenait que, à la fin de l'*Iliade*, Pyrrhus tuait la petite Polyxène sur le tombeau de son père, Achille…

– Les années passant, poursuivit Cénovix, une nouvelle coutume a vu le jour. On n'immolait plus les prisonniers, mais on les forçait à se battre sur la tombe ou les cendres du défunt. On appelait alors ces combattants les « gens du bûcher ». Cette pratique a pris de plus en plus d'ampleur, jusqu'à devenir les spectacles cruels que tout le monde connaît.

– Cela avait toujours lieu à l'occasion de funérailles ?

– Non, avec le temps, les duels ont servi à distraire les convives durant les festins. Puis on a construit des arènes, des casernes pour les gladiateurs… Les choses se sont « raffinées », si je puis dire…

Ils parvinrent au sommet d'un promontoire qui offrait une vue superbe sur toute la région. L'érosion avait sculpté, tel un artiste géant, le grès rouge des montagnes : des plates-formes coiffaient des cimes de granit aux silhouettes pittoresques, des corniches finement ciselées surplombaient des gorges où coulaient de frais ruisseaux. Ces derniers, scintillants et joyeux, dévalaient les massifs pour s'égailler dans les forêts qui s'étendaient à l'infini.

– C'est beau, n'est-ce pas ? fit Cénovix en posant la main sur l'épaule de son fils.

– Oui, c'est très beau.

Le vent agitait leurs cheveux. L'hiver s'annonçait déjà, mais le soleil, encore vigoureux, brillait dans un ciel sans nuages. Durant un bref instant, Iorus se sentit bien, en accord avec les éléments. C'était difficile à exprimer par des mots, mais il avait l'impression d'être à sa place, de faire partie d'un tout.

– Allez, viens, fils. On redescend.

Chapitre 10

L'entrée de la grotte ressemblait à la gueule d'un monstre ; aussi Iorus et son père s'y aventurèrent-ils avec circonspection.

– Vous êtes sûr qu'il n'y a pas d'ours, là-dedans ? s'enquit Iorus d'une voix tremblante.

– Je ne suis sûr de rien. À part que nous allons être trempés comme des soupes si nous restons dehors.

Une pluie glacée s'était abattue sur les montagnes. Rien ne permettait de dire quand elle s'arrêterait…

– On n'y voit pas grand-chose ! maugréa Iorus.

La clarté laiteuse de la lune ne laissait voir que les premiers mètres de la caverne. Plus loin, c'étaient les ténèbres.

Cénovix alluma un feu en entrechoquant deux pierres au-dessus d'un tas d'herbes sèches. Il avait conservé quelques lambeaux de sa tunique déchirée par l'ours. Il les enflamma après les avoir enroulés à l'extrémité d'un bâton.

Armé de cette torche improvisée, le duo s'enfonça dans l'obscurité. La petite flamme papillotante éclairait les murs de roc d'une manière irréelle. L'ombre des deux explorateurs s'étirait, escaladait les parois, dont elle épousait toutes les aspérités. Le couloir de pierre s'élargit et ils débouchèrent bientôt dans une salle circulaire au plafond voûté.

– Par Toutatis ! lâcha Cénovix.

Iorus, lui, n'arrivait pas à parler, tant il était ému.

L'eau qui s'était écoulée goutte à goutte durant des millénaires avait donné naissance à un décor fabuleux. Certaines stalactites ressemblaient à des pluies d'étoiles filantes. D'autres évoquaient les drapés de vêtements amples et harmonieux. Mais ce n'était pas le plus stupéfiant.

– Allons voir ça de plus près, dit Cénovix.

Le père et le fils s'approchèrent du mur opposé. Celui-ci était couvert de fresques prodigieuses, des scènes de chasse pour la plupart, peintes à la main.

– C'est superbe, souffla Iorus.

La paroi semblait animée d'une vie fantastique. Là, une horde de taureaux fuyant un groupe d'hommes qui brandissaient des lances. Juste en dessous, des sangliers en train de charger. Plus loin, un loup, un cerf à la tête ornée d'énormes andouillers.

– Tu as vu ça ? fit Iorus.

Il montrait à son père un animal qui ressemblait à un éléphant… doté d'une épaisse toison d'un brun rougeâtre !

– Les éléphants ont des poils ? s'étonna l'enfant.

– Pas ceux qui viennent d'Afrique, en tout cas. Et je ne savais pas qu'il en existait sur nos terres… C'est incroyable.

– Qui a fait ces dessins ?

– Sûrement des gens qui habitaient cette grotte, il y a très longtemps.

Ils restèrent silencieux durant quelques instants, comme recueillis devant un autel, puis Cénovix proposa :

– Installons-nous ici pour la nuit. Je vais essayer de faire un feu digne de ce nom. Les brindilles qui tapissent le sol conviendront très bien. Vois si tu peux trouver du bois mort. Il me semble que j'en ai aperçu vers l'entrée.

– Bien, père.

C'était sorti tout seul, comme tout à l'heure !

Iorus rougit.

– Je veux dire, je… j'y vais tout de suite, lança-t-il en repartant dans le couloir.

Cénovix approuva en souriant. Il regarda son fils

s'éloigner avec une pointe de soulagement, car il était plus ému qu'il ne souhaitait le montrer.

Cénovix avait tiré un lapin durant l'après-midi. Il le vida, le désossa, puis fit cuire sa viande à l'intérieur d'un poêlon en bronze. Iorus, lui, alla chercher quelques herbes dans les montagnes pour accompagner le plat.

Iorus ne pouvait qu'admirer les talents de son père. Ce dernier était bourru, violent même, mais on se sentait en sécurité avec lui. Parfois, le garçon essayait de s'imaginer seul au milieu de la nature sauvage… Il ne savait pas s'orienter, et encore moins faire du feu à partir de rien.

Il regardait, songeur, Cénovix touiller le ragoût, accroupi à côté du feu : il aurait voulu ressembler à cet homme. Pas seulement sur le plan physique. Il aurait aimé posséder son courage, sa débrouillardise. Iorus était conscient que, livré à lui-même, il serait mort de faim, de soif, de froid… ou il aurait été dévoré par une bête sauvage dès le début de l'aventure ! Apparemment, les formidables capacités d'adaptation de Cénovix ne se transmettaient guère par le sang. Elles étaient le fruit d'un apprentissage, d'une longue expérience.

Le lapin se révéla délicieux.

– Tu ne m'as pas encore parlé des animaux, dit Iorus en montrant du menton les peintures rupestres.

Le tutoiement avait fait son apparition de manière naturelle, sans qu'ils s'en aperçoivent.

Cénovix essuya sa bouche maculée de sauce avec le revers de sa manche :

– Les animaux ?

– Ben oui, dans les arènes. Tu as déjà affronté un éléphant, par exemple ?

– Je te l'ai dit : je me suis battu contre tout ce qui marche ou qui rampe. Le goût des Romains pour les tuerics n'a pas davantage épargné les animaux que les hommes…

– Comment cela ?

Cénovix se leva, fit quelques pas. Debout devant les fresques préhistoriques, il les caressait du bout des doigts.

– Les animaux sauvages coûtaient très cher au début. Leurs propriétaires rechignaient à en sacrifier plus d'un seul à la fois… Et puis on a organisé de véritables chasses, enfin, si l'on peut qualifier de « chasses » des boucheries où le gibier n'a aucune possibilité de s'enfuir, de se cacher. Comme pour les duels entre humains, ces spectacles ont vite pris de l'ampleur. La soif du sang, toujours…

L'ancien gladiateur vint se rasseoir près de son fils. Il avait les yeux tristes et la voix encore plus rauque qu'à l'accoutumée.

– On reconstituait des forêts miniatures, plantées de vrais arbres pris à leur sol d'origine. Quand on utilisait des animaux aquatiques, hippopotames ou crocodiles du Nil, on faisait creuser des bassins. Les autruches étaient très populaires, également. Pour inaugurer le premier théâtre en pierre jamais construit à Rome, Pompée a fait massacrer pendant deux jours quatre cents panthères, des lions, un loup-cervier des Gaules, un rhinocéros, des singes d'Éthiopie et des éléphants qui, pris de panique, ont essayé de défoncer les grilles de protection ! Ni les uns ni les autres n'ont connu la pitié de leurs bourreaux.

Il secoua la tête avant de continuer :

– On faisait venir des animaux de plus en plus rares, juste pour les massacrer. Quand ils n'étaient pas assez exotiques, assez originaux, on pouvait toujours les teindre en rouge ou les saupoudrer d'or ! Ridicule… Il y avait bien des numéros de dressage de temps en temps, mais ce qui intéressait vraiment la foule, c'était le sang !

Iorus reposa sa deuxième cuisse de lapin à peine entamée. Il n'avait plus très faim à présent. Il ferma les yeux un instant et essaya de se questionner honnêtement : pourquoi ces jeux cruels exportés par les Romains l'intéressaient-ils tellement ? Parce qu'ils faisaient de la mort un spectacle ? Parce qu'ils donnaient au public le sentiment d'être au-dessus de la mêlée, hors d'atteinte, tout-puissant ? Sans doute.

Mais Iorus soupçonnait que cette fascination plongeait aussi ses racines dans les zones les plus obscures de l'esprit humain. N'avait-il pas lui-même lapidé des chiens errants avec les enfants du domaine quand il était plus jeune ? Sans parler de cette fois où il avait éventré un hérisson, juste pour jouer à « lire dans ses entrailles », comme les devins ! Une bouffée de honte le fit rougir. Sa curiosité lui semblait malsaine tout d'un coup…

– On a beau limiter la sauvagerie à des jeux d'arène, cela reste quand même de la sauvagerie, déclara Cénovix. Qui est le peuple « barbare » d'après toi ? Eux ou nous ?

Iorus ne répondit pas.

Chapitre 11

La pluie avait cessé. Les derniers lambeaux de brume dissipés, le soleil s'éleva dans un ciel d'une pureté absolue.

Durant toute la matinée, Iorus et Cénovix traversèrent une région où le paysage, jusque-là dominé par le grès rouge, se diversifiait avec l'apparition de roches éruptives, de pitons dénudés. Le plus simple était de suivre les nombreux ruisseaux qui coulaient dans des lits de sable fin et de cailloux, louvoyant entre les escarpements rocheux. Iorus toussait et éternuait, ce qui ne l'empêchait pas de marcher à une allure soutenue. Au fond de son cœur, il désirait que son père soit fier de lui. Il voulait lui montrer qu'il était capable de suivre son rythme. Le colosse n'était pas dupe : il marquait des pauses aussi souvent que possible pour ne pas épuiser le garçon.

– Arrêtons-nous sur ce rocher plat, là-bas, dit-il.

Ils firent halte à l'endroit indiqué, une grosse pierre

saillant à flanc de côte. Un tel promontoire offrait une vue imprenable sur la vallée boisée en contrebas.

– Les Romains ! cracha Cénovix en découvrant le panorama.

Des légionnaires avaient dégagé un grand espace au milieu de la forêt pour y installer leur camp d'hiver. Cette citadelle s'étendait sur une telle superficie qu'elle faisait presque penser à une ville : un quadrillage de rues, des maisons, des greniers, des espaces découverts évoquant des places… Il régnait dans cette forteresse une activité de ruche bourdonnante.

– Combien ils sont, là-dedans ? demanda Iorus.

– Une légion comprend quatre mille soldats. Avec les médecins, les palefreniers, les maçons, le personnel administratif… je dirais qu'il y a bien cinq mille Romains.

Il parlait d'une voix absente, sans quitter le camp des yeux.

Les centurions passaient en revue des unités d'une soixantaine de fantassins au garde-à-vous. D'autres légionnaires s'entraînaient au maniement du glaive ou du javelot sur un terrain de manœuvres, un peu plus loin.

– Nous allons contourner cette vallée, dit Cénovix.

Il se leva :

– Viens, Iorix.

– Iorus, corrigea le garçon.

– Avec ta mère, nous avions convenu d'appeler notre premier fils Iorix. Pour moi, tu étais et tu seras toujours Iorix.

– C'est Rufus qui…

– Tu es un Gaulois, mon garçon, ne l'oublie pas. Peu importe ce que ce Rufus t'a raconté.

Iorus voulut répondre, mais une violente quinte de toux le secoua.

– Tu n'es pas trop fatigué ? demanda Cénovix.

– Un peu. J'ai mal à la gorge.

– Je vois… Tu pourras te reposer tout à l'heure. Pour le moment, il faut nous éloigner des Romains.

La descente la plus abritée, la plus discrète, se trouvait sur la face nord du coteau. Ils prirent donc cette direction, empruntant une ravine, puis un sentier raboteux bordé de sapins. Ces derniers étaient tordus par les assauts continuels du terrible vent du nord. Des pommes de pin jonchaient la pente et la rendaient glissante. Les inégalités du terrain obligeaient les marcheurs à plier les genoux et à faire travailler de concert leurs chevilles et leurs orteils. C'était laborieux et douloureux.

Arrivés en bas, ils entrèrent dans une forêt de hêtres

dont les feuilles ovales, frangées de cils, s'étaient parées des couleurs de l'automne. L'air était doux et la nature sentait encore l'humidité. Un chemin de terre traversait la forêt. Ils le suivirent durant une bonne heure tout en restant dans les taillis, sous le couvert des ramures teintées de cuivre.

Iorus donnait des signes d'affaiblissement. Il s'efforçait de le cacher, mais on devinait la souffrance tapie derrière le masque de son visage impassible. Il toussait de plus en plus.

– Arrêtons-nous, dit son père.

Ils mangèrent et se reposèrent un peu. La respiration du garçon évoquait le soufflet troué d'une forge. Cénovix posa la main sur son front.

– Tu es chaud, fit-il avec une grimace.

– Je vais tenir le coup.

Mais ses yeux brillants de fièvre laissaient présager du contraire.

Les cahots d'un lourd attelage leur firent tourner la tête. Un chariot tiré par des bœufs venait à leur rencontre. Un homme marchait à côté des bêtes en les agaçant avec un long bout de bois. Il portait les braies et les moustaches typiques des Gaulois.

– Ne bouge pas, Iorus, dit Cénovix. Attends-moi ici.

Le colosse sortit des fourrés pour aller se planter

devant le voyageur. Celui-ci se figea, les sourcils froncés.

– Salut à toi, lança Cénovix en levant la main. Ne crains rien, je ne te veux pas de mal.

L'homme restait méfiant. Il regardait autour de lui, redoutant un guet-apens, et il serrait tellement fort son bâton de bouvier que l'on pouvait voir blanchir les jointures de ses doigts.

– Peux-tu m'indiquer le village le plus proche ? demanda Cénovix. Je suis avec quelqu'un qui aurait bien besoin des soins d'un druide ou d'un guérisseur.

Le Gaulois parut se détendre.

– Continue dix lieues vers le nord, et tu tomberas sur le village d'où je viens, après une petite cascade. Quant à trouver un druide, c'est une autre affaire… Les Romains les ont chassés ou capturés… Mais, au moins, ton compagnon pourra dormir au chaud.

– Je te remercie pour ces renseignements.

– À mon tour de te poser une question. C'est bien vrai que la onzième légion a établi son camp d'hiver dans la vallée, tout près d'ici ? J'ai de l'orge et de l'avoine à leur vendre, comme tu peux le voir.

Il désignait de son bâton le contenu du chariot : une demi-douzaine de sacs en toile grossière, empilés les uns sur les autres.

Les traits de Cénovix se contractèrent sous l'effet de la colère.

– Tu fais commerce avec les Romains ? grogna-t-il.

– Un camp, c'est une aubaine pour tous les habitants de la région. Il faut en profiter !

– Sale traître !

Cénovix bouscula le Gaulois et tira son glaive.

– Non, père, arrête !

Iorus venait de surgir à son tour des fourrés. Il était blême et tremblait de tous ses membres.

– Ne le tue pas ! supplia le garçon. Rappelle-toi ce que tu m'as raconté. Ce serait un acte de barbarie. Comme les jeux du cirque !

– Pi… pitié, hoqueta le paysan en louchant sur la lame qui lui entaillait la gorge.

Cénovix était aussi immobile qu'une statue. Pourtant, les paroles de son fils étaient en train de se frayer un chemin à travers sa fureur. Il avait tué durant tant d'années ! Il avait pataugé dans des fleuves de sang. Il valait mieux que ça.

Il repoussa l'homme, dont la tête heurta une roue de l'attelage.

– Merci, merci, répétait le paysan.

Poussant un cri guttural, Cénovix, les muscles

bandés, s'arc-bouta contre le chariot. L'effort déformait son visage ; des gouttes de sueur ruisselaient sur son front. Deux roues se soulevèrent du sol puis, dans un rugissement, le colosse renversa le chariot, dont le contenu se répandit par terre.

– Partons, mon fils, fit-il entre deux souffles.

Ils récupérèrent leurs baluchons dans la forêt et s'éloignèrent sans traîner.

– J'aurais dû le tuer, grommela Cénovix. Il va nous dénoncer aux Romains. Il va leur donner notre signalement.

– Non, père. Cela n'aurait pas été… – il cherchait le mot – … civilisé.

– En tout cas, pas question de nous arrêter dans le village de cet homme. Ni dans aucun autre, d'ailleurs. À cause de ce traître, les Romains vont mettre la région sens dessus dessous, j'en ai bien peur. Il faut nous cacher.

– Où allons-nous ?

– Nous retournons dans la grotte aux peintures. Tu as besoin de te reposer pendant un ou deux jours. J'espère que cela suffira à te remettre sur…

Iorus trébucha et tomba de tout son long.

– Hé, ça va ? s'écria son père.

– J'ai… j'ai la tête qui tourne.

Cénovix prit le garçon sur son dos.

– Tu ne vas pas me porter comme ça tout du long ? fit Iorus.

– Il le faudra bien.

Cénovix avait l'air en colère, mais c'était contre lui-même qu'il pestait intérieurement. Il n'aurait pas dû s'emporter, tout à l'heure, il le savait… Seulement, l'idée que des Gaulois puissent s'accommoder de la présence des envahisseurs le plongeait à chaque fois dans une rage folle.

Cependant, il était trop tard pour les regrets. Il avait commis une erreur, il fallait en assumer les conséquences.

Chapitre 12

Musachi dévorait un cuissot de sanglier, assis en tailleur à côté d'une bonne flambée. Son regard se perdait dans le feu, comme s'il avait pu y trouver les réponses aux questions qui le hantaient. La lumière dressait une barrière entre le voyageur solitaire et le reste du monde, un monde fait d'obscurité. Au-delà de ce cercle jaune vacillant, c'était le royaume des oiseaux de nuit, des chuchotis de la forêt, des grands arbres effrayants…

Soudain, un craquement.

Musachi leva les yeux de son repas. Quatre hommes en guenilles sortaient des halliers et se dirigeaient vers lui. Des soldats romains, aurait-on dit. L'un d'eux portait encore un casque de l'armée, ainsi qu'un sac ; un autre avait gardé des plaques de protection autour du torse. Mais leur uniforme rapiécé, sans parler des fourrures grossières sur leurs épaules, n'avait plus rien de réglementaire.

« Des déserteurs ? » se demanda Musachi, intrigué.

– Ce sanglier a l'air fameux, lança celui qui semblait être le meneur en dévoilant une dentition incomplète. On peut s'asseoir pour se réchauffer un peu ?

– Si vous voulez, dit froidement Musachi.

Ils dévorèrent en silence les restes du sanglier.

Musachi allait leur poser des questions sur Cénovix quand, brusquement, quatre éclats métalliques brillèrent dans la nuit. Les vagabonds s'étaient dressés, le menaçant de leur glaive.

– C'est bien une bourse que je vois pendre à ta ceinture ? grommela le chef des vagabonds.

– Il n'y a pas grand-chose dedans, rétorqua Musachi.

– Pas grand-chose, c'est mieux que rien.

Il tendit la main :

– Lève-toi et donne.

L'homme aux yeux bridés obéit au premier ordre, mais, au lieu de tendre son argent, il déclara :

– Je vous laisse une chance : si vous partez tout de suite et sans vous retourner, vous aurez la vie sauve.

La surprise laissa les quatre complices sans voix.

– Déguerpissez, ajouta Musachi en se mettant en garde, les mains nues, prêt au combat.

Les Romains éclatèrent de rire. Ce petit homme

ridicule osait les défier ? C'était vraiment trop drôle.

– Pauvre fou ! cracha le chef aux mauvaises dents. De quelle couleur est ton sang ? Jaune, comme ta peau ?

L'Asiatique ne répondit pas. Il se contenta de leur faire signe d'approcher, et les quatre détrousseurs se jetèrent sur lui.

D'une manchette portée à la gorge, Musachi broya la carotide au premier assaillant. Le deuxième reçut un coup de poing dans le ventre et tomba à genoux, le souffle coupé. La rapidité du petit homme était stupéfiante. Ses gestes s'enchaînaient naturellement. Le meneur tenta une attaque de côté, mais Musachi l'esquiva sans peine. Un croche-pied, et le rustaud roula dans le feu. Musachi sauta en l'air. La semelle de sa sandale aplatit le visage du dernier des bandits encore en état de se battre. C'était fini.

Il acheva l'homme grièvement brûlé, puis il se tourna vers celui touché au ventre.

– Cénovix, ça te dit quelque chose ? jeta-t-il.

– Heu… non, lâcha le Romain.

Musachi lui saisit la tête à deux mains. Crac ! Le malheureux s'effondra, le cou brisé, mou comme une poupée de chiffons.

Musachi ramassa le casque de sa victime. L'insigne de la onzième légion était blasonné sur le métal.

« Qui dit “ déserteurs ”, dit “ garnison ”, songea-t-il. Peut-être que, là-bas, ils auront des renseignements à me donner… »

Pas très loin de là, dans la grotte préhistorique, Cénovix avait déposé son fils tremblant de fièvre. L'état de Iorus empirait. Il grelottait malgré la chaleur du feu constamment ravivé par son père. Il buvait beaucoup, même si sa gorge enflammée le faisait souffrir atrocement quand il avalait.

– Qu'est-ce que j'ai ? demanda-t-il, secoué d'un long frisson.

Cénovix palpa les ganglions à la base du cou.

– On dirait un méchant mal… On doit faire tomber la fièvre. Je ne suis pas guérisseur, mais je vais essayer de te préparer une décoction de plantes.

– Tu vas me laisser seul ?

– Pas longtemps, je te le promets.

Iorus vit la silhouette de son père se découper un instant à l'entrée de la grotte puis disparaître.

Le garçon plongea dans un demi-sommeil peuplé de visions étranges. La douleur irradiant de sa gorge alimentait la fournaise de son cerveau. Par moments, il avait l'impression que les scènes de chasse peintes sur les murs s'animaient. Les bonshommes filiformes jetaient leurs lances sur les éléphants au pelage laineux. Du sang dégoulinait des parois pour couler jusqu'à lui. C'était poisseux, dégoûtant…

Cénovix revint au bout de quelques heures – ou quelques jours ? Iorus avait complètement perdu la notion du temps. Le guerrier essaya d'humecter les lèvres craquelées de son fils, sur lesquelles des boutons de fièvre avaient éclos.

– Tu vas aller mieux, lui assura-t-il. Bois ça.

Iorus avala un breuvage dans lequel flottaient quelques feuilles et des herbes pilées. Il réussit à tout garder, malgré son envie de vomir.

Le lendemain, le garçon ne toussait presque plus, mais sa gorge enflée lui faisait encore très mal. Et la fièvre était revenue, pareille à la marée montante.

– Je voudrais revoir maman, chuchota-t-il.

Son père lui prit le pouls. La respiration était lente et difficile.

– Tu vas guérir, mon grand. Bats-toi.

– Je… ne suis pas fort, comme toi.

– Si, tu l'es. Montre-moi comme tu es fort.

Iorus s'endormit, la figure calme. Ses lèvres s'agitaient parfois, mais il gardait les yeux fermés.

« Et s'il ne se réveillait pas ? » songea Cénovix, le cœur serré.

Il ne se le pardonnerait jamais. C'était lui qui avait entraîné son fils dans cette équipée. Il était responsable de tout ce qui arrivait.

Le Gaulois adressa une prière muette à tous les dieux qu'il connaissait.

Iorus avala une nouvelle décoction en milieu de journée. Son front paraissait moins chaud, ses yeux moins brillants.

– C'est bien, fils, dit Cénovix. Tu es sur la bonne voie.

Il redoutait une rechute ; il n'y en eut pas.

Dès le jour suivant, Iorus parvint à se tenir assis et à avaler des aliments solides. Rassuré, Cénovix décida d'inspecter les alentours de leur cachette.

Les Romains de la vallée avaient peut-être déjà lancé des recherches. Si les villageois connaissaient l'existence de cette grotte, le père et le fils risquaient d'apercevoir les lances de la légion dans très peu de temps…

Même s'il était hors de danger, Iorus avait encore besoin de se reposer. Cela signifiait qu'ils étaient coincés sur cette montagne pour les deux ou trois prochains jours.

Cénovix sortit au grand air et balaya le site du regard. Des éboulis de roches surmontaient l'ouverture de la grotte, elle-même située en haut d'une montée. On pouvait y accéder par trois voies : une au nord, irrégulière, parsemée de crevasses, une à l'est et une au sud, plus faciles. Les Romains arriveraient sans doute par les trois versants à la fois, s'ils étaient en nombre suffisant.

Cénovix réfléchit. Il pourrait toujours bloquer certains accès, tendre des pièges… Mais cela ne lui donnait pas pour autant une solution de repli…

Tant pis. Si les Romains attaquaient, il était résolu à vendre chèrement sa peau. Pas question de se laisser prendre vivant !

Il marcha jusqu'à la face sud, entaillée par un étroit couloir d'avalanche.

« Si j'arrive à faire basculer le gros rocher en surplomb… »

Il poussa un bon moment avant que les gravillons à la base du rocher ne commencent à s'effriter. Le bloc de pierre roula lourdement sur quelques mètres et s'immobilisa pile à l'endroit prévu, au-dessus de la tranchée verticale.

Deux autres points d'accès restaient à condamner.
– Au travail, soupira Cénovix.

Chapitre 13

– Où en êtes-vous ? demanda Rufus, dont les yeux cernés trahissaient le manque de sommeil.

Il avait chevauché avec son escorte jusqu'à Argentatorum[1] quasiment sans s'arrêter. Les troupes stationnées à la frontière n'avaient remarqué aucun individu suspect accompagné d'un enfant. Même résultat plus au nord du Rhin, à l'endroit où César avait fait construire un grand pont, long de cinq cents mètres. En désespoir de cause, Rufus était retourné vers les montagnes pour finalement s'arrêter au quartier général de la onzième légion. Il était mort de fatigue, comme ses hommes et ses chevaux ; mais, là encore, pas question de s'allonger pour prendre une heure de repos. Rufus voulait s'entretenir sur-le-champ avec le légat Flavius, commandant du camp.

1. Argentatorum : Strasbourg.

– Un paysan nous a parlé de quelqu'un qui pourrait bien être ton Cénovix, annonça Flavius. Il y avait un garçon avec lui. Malade, apparemment.

Le cœur de Rufus se cabra dans sa poitrine.

– Les recherches ont donné quoi ? s'enquit-il, inquiet.

– Pas grand-chose.

L'émoi de Rufus se heurtait au calme du militaire. Il émanait de cet homme d'âge mûr une grande puissance, et ses yeux gris renvoyaient un regard glacé.

– Nous n'avons rien trouvé, poursuivit le commandant du camp. Les fugitifs n'ont été vus dans aucun village, aucun relais ni aucune ferme des environs. Mais peut-être as-tu avec toi des affaires portées par l'enfant ou son ravisseur.

– Oui, j'ai dans mes bagages un morceau de tunique appartenant à mon fils. Tu crois que… ?

Le légat acquiesça :

– Nos chiens ont un flair extraordinaire. Si ton fils est bien avec l'homme dont on nous a donné le signalement, nous les retrouverons…

– Formidable ! Il ne faut négliger aucune piste ! Prépare tes soldats ! Prépare tes chiens ! Nous partons tout de suite, nous…

– Calme-toi. Je ne peux lancer une pareille expédition juste en claquant des doigts, et, de plus, tu es épuisé. Profites-en pour dormir jusqu'à demain. Nous nous mettrons en marche dès l'aube, je te le promets.

– Je t'ordonne de…

– Pas un mot de plus ! Je sais que tu as de nombreux amis haut placés, Rufus. Dis-toi bien cependant qu'ici c'est moi qui commande. Tu as été soldat toi-même dans le temps, à ce qu'il paraît. Tu dois pouvoir comprendre cela.

Rufus poussa un profond soupir :

– Tu as raison, Flavius, et je te demande de pardonner ma brusquerie… Peux-tu nous trouver un endroit où coucher, à moi et à mes gens ?

– Ma maison t'est ouverte. Quant à tes serviteurs, ils logeront chez les habitants du bourg.

– Merci.

Rufus allait sortir quand, s'arrêtant sur le seuil de la porte, il se retourna :

– Tu as des enfants, Flavius ?

– Deux.

– Alors, toi aussi, tu dois pouvoir me comprendre.

Le commandant du camp hocha la tête. Durant un bref instant, son regard gris acier s'était un peu adouci…

Le lendemain matin, le premier appel du cor retentit avec le lever du soleil.

Des soldats se regroupèrent sur la plus grande place du camp. À la deuxième sonnerie, ils commencèrent à charger les bêtes et les chariots d'approvisionnement.

On avait déjà sellé des chevaux pour Rufus et Flavius. Accompagnés chacun par son escorte, les deux hommes attendaient la fin des préparatifs à l'entrée de la voie principale. Le père adoptif de Iorus était comme sur des charbons ardents.

– Tu n'as pas davantage de soldats à nous donner ? demanda-t-il au légat.

– Deux centuries de soixante légionnaires chacune, soit une manipule entière, réquisitionnée pour la capture d'un adulte et d'un enfant, tu ne trouves pas cela suffisant ? N'oublie pas que j'ai une place forte à faire garder, sans parler des affaires courantes…

– Bien sûr, bien sûr.

Au troisième signal des hérauts, l'avant-garde se mit en branle.

– En avant ! criaient les officiers.

Flavius et Rufus chevauchaient juste derrière les éclaireurs, avec leurs gardes du corps. Venait ensuite une première centurie, puis les bagages, protégés par quelques cavaliers, et enfin le second groupe de soixante hommes. Chaque légionnaire portait son équipement – des rations pour trois jours regroupées dans un filet, une meule à main en pierre, une marmite, une casserole en bronze, une trousse de premiers soins… – suspendu à une fourche. L'ensemble pesait une quarantaine de kilos. La troupe en marche, avec ses dizaines de casques, de jambières et de boucliers, produisait un vacarme infernal.

On arriva en fin de matinée au sentier forestier, là où Cénovix avait failli égorger le paysan. Dès cet instant, les chiens, qui avaient reniflé les vêtements de Iorus, devinrent comme fous. C'étaient de gros dogues à l'odorat particulièrement aiguisé.

– Ils ont flairé quelque chose, annonça le maître-chien, un homme chauve aux traits creusés.

– Très bien, dit le légat. Passe en tête avec tes molosses, Fulqua.

Les chiens s'élancèrent sans hésiter vers le massif du Donon. Ils aboyaient furieusement, la bave aux crocs, entraînant Fulqua derrière eux. Le bras qui tenait la laisse était tendu à l'extrême, et l'homme avait toutes les peines du monde à tempérer l'enthousiasme de ses animaux.

Le corps expéditionnaire les suivait à un bon

rythme, mais la progression se ralentit dès que le terrain devint plus montagneux. Au bout d'un moment, les cavaliers furent contraints de mettre pied à terre pour marcher comme de simples soldats. La longue colonne des Romains s'étirait. En fin d'après-midi, un messager remonta jusqu'aux hommes de tête pour annoncer que l'arrière-garde s'était perdue dans une forêt de sapins, tout en bas.

– Nous allons nous arrêter, décida Flavius.

Il nota la contrariété qui assombrissait le visage de Rufus.

– Il faut nous regrouper, ajouta Flavius, comme pour convaincre son invité. Le jour pâlit, et les hommes ont besoin de repos.

Rufus acquiesça d'un geste las. Il ne tenait pas à discuter les ordres du légat devant ses subordonnés et, de toute façon, il savait bien que le militaire avait raison.

Les officiers d'intendance dénichèrent un plateau assez large pour y dresser le bivouac. L'herbe était bien verte et abondante ; elle servirait à nourrir chevaux et mulets. Pendant que la moitié des hommes creusaient un fossé, les autres protégeaient le périmètre, disposaient de la paille sur le sol ou bien encore montaient les tentes en cuir.

Ce spectacle arracha un sourire à Rufus. Il lui rappelait l'époque pas si lointaine où il participait à la guerre des Gaules, au côté de Jules César. En ces temps-là, il était habitué aux rigueurs de la vie de soldat.

« Je dois reconnaître que depuis une dizaine d'années je me suis ramolli… »

Il ne faisait presque plus d'exercice physique, mangeait beaucoup et ne dédaignait pas non plus les bons vins. Aurait-il assez de vitalité pour participer à la chasse à l'homme ?

« Bah ! Ce Cénovix de malheur ne pourra pas aller bien loin. Ce n'est pas comme si je partais pour unc campagne de plusieurs mois. »

Il hocha la tête pour se persuader de la justesse de ses pensées. Et pourtant, l'angoisse demeurait tapie en lui. César lui avait appris à ne jamais sous-estimer un adversaire. Certes, le rapport de forces jouait largement en la défaveur de Cénovix, mais il y avait quelque chose d'effrayant chez ce Gaulois insoumis, une petite flamme obstinée qui refusait de s'éteindre.

Rufus soupira. « Quand on n'arrive pas à dresser un animal sauvage, il n'y a pas cinquante solutions : on lui rend sa liberté, ou on le tue. »

Chapitre 14

Cénovix entendit les chiens et se mit debout dans l'instant.

C'étaient des aboiements frénétiques ; et, en écoutant bien, on percevait aussi une voix d'homme qui leur criait de se calmer.

Le colosse lâcha par terre la marmotte qu'il était en train de faire cuire à la broche.

– Tu te sens comment ? demanda-t-il à son fils.

– Je suis guéri, lui assura Iorus.

Il avait repris des forces, c'était évident ; cependant, Cénovix aurait préféré attendre un jour de plus.

– Tu es sûr ? Tu vas tenir le coup ?

– Oui. Je te l'ai dit : je vais bien.

Cénovix s'accorda un instant de réflexion avant de trancher :

– D'accord. Rassemble nos affaires. Fais vite. Pendant ce temps, je vais essayer de les ralentir.

Quant à trouver un trou dans les mailles du filet

qui se refermait sur eux, c'était autre chose…

Il attrapa son carquois, son arc, et se précipita hors de la grotte. Iorus jeta de l'eau sur le feu, puis il piétina les braises encore fumantes. Tant pis pour la marmotte, même si elle avait l'air délicieuse.

Cénovix se mâchouillait l'intérieur de la joue.

Ils étaient nombreux, et ils arrivaient des trois côtés à la fois. Sur la face sud, des hommes du génie tentaient de dégager le goulet qu'il avait obstrué avec un rocher. Cela allait leur prendre du temps. Sur les faces nord et est, une centaine de légionnaires avançaient, le corps penché en avant. Les casques scintillaient au soleil, tout comme la cuirasse dorée des officiers. Cénovix nota la présence de plusieurs porte-enseigne, coiffés de peaux de loup. Ces soldats se trouvaient encore trop loin pour qu'on puisse lire leurs fanions. Les Romains n'étaient pas plus gros que des fourmis, pour l'instant, mais ils s'approchaient vite.

Flavius et Rufus escaladaient le versant est. Ils n'étaient devancés que par le maître-chien et une petite avant-garde. Rufus soufflait, et les poumons lui brûlaient, mais il s'efforçait de suivre le rythme.

« Je ne suis pas si rouillé, quand même », grognait-il en son for intérieur.

Le légat fit une pause, la main droite en visière.

– Il y a bien un homme là-haut, marmonna-t-il. Je me demande à quoi il joue…

Cénovix courait d'un endroit à un autre, s'arrêtant pour observer, calculer. Il restait accroupi durant quelques secondes, puis il repartait d'une brusque détente féline.

Il planta dix flèches, alignées dans l'herbe côté nord, puis se rendit à grandes enjambées vers la face est, à l'entrée de la grotte. Il commençait à perdre haleine. Et pourtant, la poursuite n'avait même pas commencé ! La peur accélérait les battements de son cœur presque autant que l'effort musculaire : ils étaient quand même cent vingt, là-dessous, à vouloir sa peau.

« Pas question de me retrouver les chaînes aux pieds encore une fois. Ils m'auront mort ou pas du tout ! »

Iorus apparut dans l'ouverture de la caverne, un gros baluchon en travers des épaules. Il resta pétrifié un moment, surpris par l'ampleur des forces déployées. S'il avait voulu, il aurait pu laisser tomber ses affaires pour courir au-devant des légionnaires.

« Je retrouverais ma mère, Rufus, la villa et ma vie d'avant... »

Pourtant il ne bougea pas. Il avait vécu tellement de choses avec Cénovix ! Il n'accepterait pas qu'on les sépare maintenant, alors qu'ils avaient encore tant à apprendre l'un de l'autre, tant à se donner... Ah, si seulement il n'avait pas été obligé de choisir...

– Écarte-toi, ordonna son père.

Le garçon obéit. Cénovix s'empara d'un très long bâton – en fait, le tronc d'un jeune arbre équarri –, qu'il planta au-dessus de la grotte, à l'endroit où s'entassaient des roches éboulées. Le colosse força sur la perche, faisant bouger la couche inférieure de cailloux qui retenait comme par miracle des blocs beaucoup plus gros.

– Pousse-toi, je te dis ! insista Cénovix.

Son fils s'éloigna de quelques pas. À cet instant, le précaire équilibre fut rompu. Cénovix se jeta de côté. Les pierres, des petites aussi bien que des moyennes et des grosses, des très grosses, roulèrent sur la pente dans un vacarme de fin du monde. Les blocs s'entrechoquaient, rebondissaient les uns sur les autres en faisant trembler le sol. On aurait dit une charge d'aurochs furieux.

– Par Mithra ! s'exclama Flavius.

Le légat leva un bras pour se protéger. Il ne reçut que de menus cailloux, mais le centurion à côté de lui fut emporté par un gros quartier de roc. Rufus eut la présence d'esprit de s'abriter derrière une barrière naturelle, constituée d'affleurements rocheux. D'énormes pierres passèrent au-dessus de lui en tournoyant follement. L'une d'elles écrasa trois hommes d'un coup, comme de vulgaires scarabées, pour continuer sa course parmi les autres légionnaires tétanisés.

C'était la panique et, en dépit des exhortations et des menaces proférées par les sous-officiers, l'avancée des Romains était bel et bien stoppée.

Contournant la grotte, Cénovix passa au flanc nord.

La deuxième centurie poursuivait son ascension. Les soldats étaient à une cinquantaine de mètres du sommet.

Le Gaulois s'arrêta, arracha l'une des flèches plantées dans le sol et banda son arc.

– Père…

– Quoi ? fit Cénovix qui, le bras tendu, visait l'ennemi.

– Essaie de ne pas les tuer, s'il te plaît…

Cénovix demeura interdit un instant ; enfin, il grommela :

– Je vais essayer.

De toute façon, à cette distance, il ne pouvait guère toucher que les jambes des légionnaires, car ils avançaient le corps protégé par leur large bouclier ovale.

Le Gaulois tira trois flèches d'affilée et tua les trois chiens. Il n'aimait pas faire cela ; mais ces molosses au flair infaillible étaient plus redoutables encore que les hommes.

Quelques Romains, rendus furieux par cet acte cruel, se détachèrent du gros de la troupe et chargèrent en braillant pour se donner du courage. Tout d'un coup, le sol s'ouvrit sous leurs pieds et ils disparurent, avalés par une crevasse recouverte de branchages. Deux autres soldats connurent le même sort, dix mètres plus loin. Les légionnaires se figèrent, indécis. Chaque homme observait l'espace à parcourir : voyaient-ils de vrais buissons, ou bien un habile camouflage destiné à les abuser ?

– Voilà qui devrait les occuper un moment, dit Cénovix. Profitons-en !

Tous deux redescendirent vers la face sud. Les hommes du génie venaient juste de pousser le roc qui leur barrait le passage en faisant levier avec des perches. Le premier Romain avait déjà hissé son buste en haut du couloir d'avalanche et s'apprêtait à passer les genoux quand il vit Cénovix arriver sur lui au pas de course.

– Hééé !

Le coup de pied toucha le soldat au menton. Il lâcha prise et dégringola, cul par-dessus tête, entraînant ses camarades jusqu'en bas.

Cénovix ramassa le bouclier du Romain, le retourna et s'assit sur la face incurvée.

– Viens, dit-il à son fils. Tu vas voir, ça va être amusant.

Puis il ajouta pour lui-même : « Si on ne se rompt pas le cou. »

Iorus avait peur de comprendre.

– Tu ne vas pas… ? commença-t-il.

Il ne termina pas sa phrase. Cénovix l'attrapa, le colla devant lui, serré entre ses jambes. Donnant une impulsion au bouclier en s'aidant des mains et du bassin, il les propulsa ensemble vers l'avant.

– Hiiiiiiiaaaaaaaa ! ! !

La luge s'engouffra dans le couloir vertical, qu'elle descendit à toute allure, menaçant à tout moment de décoller de la paroi. Les mâchoires de Iorus claquaient à chaque rebond. Hurlant sans pouvoir s'arrêter, il ouvrit les yeux une seconde et les referma aussitôt. La glissade paraissait ne pas avoir de fin !

Le père et le fils atterrirent sur un tas de soldats à moitié assommés. Iorus fit un vol plané spectaculaire, et retomba lourdement dans l'herbe, un peu plus loin. Même chose pour Cénovix. Apparemment, ni l'un ni l'autre ne s'était rien cassé, car ils se relevèrent très vite. Cela tenait du miracle. Le garçon était tout étourdi, et surtout il n'en revenait pas d'être encore entier. Il jeta un rapide coup d'œil sur le bouclier. Ce dernier paraissait plus cabossé que si on l'avait martelé durant une après-midi entière !

– Viens, dit Cénovix en lui prenant leur sac des mains.

Un des légionnaires fit mine de se redresser. Cénovix lui décocha un coup de poing, qui mit un terme à ses velléités héroïques. Les autres Romains étaient trop sonnés pour faire preuve d'agressivité. Tremblant de rage et de frustration, ils regardèrent les deux Gaulois s'enfuir.

Chapitre 15

– Je les vois, là-bas !

Tous les yeux se tournèrent vers les deux silhouettes qui couraient sur le manteau gréseux, une grande et une plus petite.

– Ils s'échappent !

Le légat Flavius n'arrivait pas à y croire. Ils étaient cent vingt, et un seul homme réussissait à les tenir en échec !

Flavius regarda autour de lui. Les soldats épargnés par l'éboulement se relevaient, l'air hébété. Il apostropha l'un d'eux :

– Toi, trouve-moi une quinzaine d'hommes encore vaillants et forme deux escouades ! Pas question de les laisser s'enfuir !

– Je viens avec vous, dit Rufus.

Il avait été touché au front et au coude par des pierres. Il saignait, mais son visage exprimait une froide résolution.

Cénovix et Iorus couraient à découvert. Pas de forêt où se cacher, ici.

Montée, descente. Montée, descente.

Cénovix risqua un œil par-dessus son épaule. Un petit groupe les avait pris en chasse. Si le colosse avait été seul, il aurait sûrement pu les distancer, car les Romains étaient fatigués par des heures d'escalade et ils portaient un lourd équipement… Mais Cénovix n'était pas seul. Et son fils peinait. Visiblement, le garçon n'était pas encore prêt pour une longue course.

Montée, descente.

Ils passaient devant des rochers isolés, des curiosités de la nature en forme de tour ou de champignon géant. Iorus s'arrêta et s'appuya sur l'un d'eux pour retrouver son souffle.

– Tu ne vas pas flancher, hein ? lâcha son père.

– J'ai… j'ai juste besoin de quelques secondes.

Les Romains étaient à portée de flèche. Cénovix en profita. Sa main plongea dans son carquois et…

Ziiip ! Le projectile se planta dans le mollet d'un soldat, qui trébucha en hurlant. Ses compagnons coururent chercher refuge derrière une sorte d'arche naturelle.

Iorus avait mis à profit ce bref intermède pour réguler sa respiration.

Ils repartirent en petites foulées.

Flavius sortit de son abri le premier.

– Allons-y !

Un homme resta pour s'occuper du blessé. Les autres s'élancèrent.

Rufus essayait de se maintenir à la hauteur du légat. Celui-ci avait pris la tête du détachement et courait en faisant fi du danger représenté par ce tireur hors pair. Il avait même enlevé une partie de ses protections pour aller plus vite.

– Cette fois, nous les tenons ! dit-il.

Ils étaient en train de rabattre Cénovix et Iorus vers une large faille, une espèce de fracture qui avait l'air très encaissée. Ni le garçon ni le colosse, malgré sa force et son agilité, ne pourrait franchir un tel précipice.

Épuisé, Rufus trébucha et s'affala de tout son long. Il essaya de se relever en hurlant :

– Iorus ! Iooorus ! ! !

Iorus se retourna. L'un des Romains criait, appelait son nom, et il avait cru reconnaître la voix de son père adoptif.

Soudain, Cénovix rugit de dépit. Il venait de stopper

net devant la faille, aussi large que profonde. Vingt ou trente mètres plus bas, on distinguait les eaux furieuses d'un torrent de montagne qui se brisaient sur des rochers en projetant une écume blanche. Un rapide examen de la paroi ne fit qu'accabler davantage le Gaulois : la pierre était lisse, sans aucun creux, sans aucune prise.

Il pivota vers les poursuivants et banda son arc.

– Iooooruuuuus ! criait l'homme à genoux.

– C'est… mon père, balbutia Iorus. C'est Rufus !

Cénovix darda un regard brûlant de haine sur l'ancien centurion. Sa joue était agitée par un tic nerveux. Il bloqua sa respiration et déplaça la pointe de sa flèche vers Rufus.

– Non ! cria Iorus.

Il poussa le bras du Gaulois. La flèche se brisa par terre, vingt mètres plus loin, sans blesser personne.

Les yeux de Cénovix se remplirent d'un étonnement presque douloureux :

– Pourquoi as-tu fait ça ?

Le garçon ne savait pas quoi répondre. Il aimait Rufus, tout simplement. Mais son vrai père pourrait-il le comprendre ?

– Iooooоruuuuus !

Le Romain s'était relevé et il accourait avec les

autres. Ils étaient à cinquante mètres… Quarante…

– Tu sais nager ? lança Cénovix.

– Oui, mais…

L'adulte lui agrippa le poignet et sans prévenir sauta dans le vide. Iorus ouvrit la bouche pour hurler. Durant une seconde, il eut l'impression que son estomac allait jaillir à l'air libre avec son cri. Il ferma les yeux. Si c'était la fin, il espérait qu'elle viendrait vite.

Splaashh !

L'eau glacée du torrent entra par ses narines, par sa bouche ouverte, envahit ses poumons pour en chasser l'air. Il étouffait. Le froid était tellement intense qu'il sentit son cœur s'arrêter. Impossible de distinguer le haut du bas. Quelqu'un le tira par les aisselles. Son père, bien sûr. Qui d'autre ? Il creva la surface des flots, recracha tout ce qu'il put. La rivière était déchaînée. Il y avait autant d'eau dans l'air que d'air dans l'eau. Tout n'était que bouillonnements, tourbillons, explosions d'écume.

– Je suis là, répétait Cénovix en le serrant très fort. Je suis là.

Les Romains avaient atteint le bord du précipice. Stupéfaits, ils observèrent de loin la lutte des deux fugitifs pour leur survie.

– Ils vont se noyer, lâcha un soldat.

– Il faut descendre, dit Rufus, encore essoufflé par la poursuite.

– On en a pour des heures, soupira Flavius. Le seul passage accessible est à plusieurs lieues d'ici.

– Non, il faut les rejoindre tout de suite.

– Eh bien, vas-y, saute.

Rufus baissa la tête. Son menton tremblait.

– Je… je ne sais pas nager, avoua-t-il en fermant les paupières.

Flavius serra l'épaule du civil dans un geste compatissant.

– Je crains que Cénovix ait scellé leur destin. Je suis désolé.

Le père adoptif de Iorus rouvrit les yeux. Le lit du torrent passait à travers une forêt de chênes aux feuillages dorés. Le Gaulois et son fils furent avalés par la végétation. Ils disparurent, comme s'ils n'avaient jamais existé.

Chapitre 16

Un tronc d'arbre gisait, couché en travers du torrent. En fait, il le surplombait légèrement, bien calé entre quatre rochers dressés hors de l'eau. Cénovix leva les bras pour s'accrocher à l'écorce constellée d'ampoules de résine. Luttant contre le courant centimètre après centimètre, il regagna la rive à moitié mort, son fils toujours cramponné à lui.

Ils s'allongèrent sur une plage de graviers, grelottants, trop fatigués pour bouger.

Cela dura un bon quart d'heure, puis le colosse se leva et dit :

– Partons.

Les deux fugitifs marchaient sous le couvert des chênes centenaires. Cénovix ignorait s'il avait tué tous les chiens du détachement, aussi suivait-il le lit caillouteux d'un ruisseau dans l'espoir de brouiller la piste. Perpendiculaire au torrent, ce cours d'eau partait vers le nord. Une étroite bande de ciel bleu pâle, à peine visible au-dessus de l'onde cristalline, paraissait leur montrer la voie.

Iorus tremblait de froid. Le vent et un pâle soleil avaient séché leurs vêtements, mais Cénovix craignait que son fils tombât de nouveau malade. Plonger dans un torrent glacé quelqu'un qui sortait tout juste d'une maladie n'était pas un traitement très recommandé.

« J'ai été égoïste, se dit le Gaulois. J'ai voulu garder mon enfant avec moi en dépit des risques que je lui faisais courir. Un père digne de ce nom n'agit pas ainsi… »

Un bon feu ! Voilà ce dont ils avaient besoin. Malheureusement, ils étaient encore trop près des Romains…

La bouche du colosse se tordit. Une douleur violente lui enserrait la poitrine.

– Tu es blessé ? fit Iorus.

– Je… j'ai dû me fêler une ou deux côtes en heurtant un rocher, dans les rapides. Je survivrai. J'en ai vu d'autres, tu sais…

Peut-être, mais il n'avait plus vingt ans. Et la douleur l'empêchait de respirer.

– On va s'arrêter, dit Iorus.

– Non, mon fils, il faut poursuivre.

Iorus n'insista pas. Ils continuèrent de longer le ruisseau, qui paraissait couler jusqu'au bout du monde.

Les Romains mirent une heure à découvrir un passage, et une heure de plus pour descendre dans la combe. Ils ratissèrent les abords du torrent sans rien trouver.

– Ils ont été emportés, soupira l'officier chargé de faire son rapport au légat. Ils doivent être loin à l'heure qu'il est. S'ils n'ont pas coulé, on retrouvera leurs corps dans la vallée…

Flavius acquiesça du menton. Rufus s'assit sur une grosse pierre, comme assommé par un coup de massue.

– Je ne peux pas le croire, gémit-il.

– Et vous avez raison, fit une voix au milieu des taillis. Cénovix est vivant.

Les lances et les épées se dirigèrent vers les buissons, qui s'écartèrent pour laisser apparaître un homme petit, trapu, aux yeux bridés, vêtu d'un manteau sombre. L'homme se déplaçait avec une grande économie de gestes, insoucieux des armes pointées sur lui.

– Qui es-tu ? demanda Flavius

– Musachi, pour vous servir, noble Romain.

Il s'inclina.

– Tu as bien dit que Cénovix était encore en vie ? lança Rufus. Pourquoi en es-tu si sûr ?

– Cénovix est un homme très fort. Et très rusé. Il ne peut pas mourir aussi bêtement.

– Tu le connais si bien que ça ?

Musachi opina :

– Les ennemis se connaissent parfois mieux que les meilleurs amis du monde.

– Tu as des choses à nous apprendre sur Cénovix ? s'impatienta le chef romain.

– Asseyons-nous. Mangeons. J'ai fait une longue route pour vous trouver, et j'ai faim.

Iorus et son père marchaient, terriblement las, comme ployant sous un fardeau invisible.

L'ancien gladiateur avait surestimé ses forces. Ils avaient froid, ils avaient faim, et ils étaient perclus de fatigue.

Cénovix butta sur l'une des innombrables aspérités du sol dur et tomba en laissant échapper un râle.

– Père ! s'écria Iorus.

– Tout va bien, dit Cénovix en se relevant péniblement.

Il mentait. Sa poitrine était ravagée par un feu

ardent. Il toussa, et vit avec horreur qu'il avait craché du sang. Si jamais l'un de ses poumons était perforé…

– Arrêtons-nous, papa, je t'en supplie. Je… j'ai besoin de me reposer, moi aussi.

Cénovix glissa au sol, le dos contre un hêtre gris clair, constellé de lichen blanchâtre. D'ailleurs, l'univers tout entier lui semblait blanc, pâle et lumineux.

– Toute cette blancheur, murmura-t-il. C'est beau…

La forêt frissonnait comme après une averse.

Soudain, il aperçut un vieil homme, robe et barbe blanches, penché sur lui. Il rêvait. Oui, sans aucun doute. L'homme s'appuyait sur un bâton sculpté, et il était accompagné d'une meute de loups, de superbes animaux aux oreilles couchées en arrière et au museau frémissant. Leurs regards allaient du père au fils avec curiosité.

– Vous êtes un rêve ? C'est ça ? murmura Cénovix.

Une nouvelle quinte de toux lui fit cracher du sang.

L'homme dit quelque chose dans une langue ancienne et rocailleuse. Cénovix n'en comprit pas le sens, mais c'étaient des mots doux, destinés à apaiser.

Il soupira :

– Je… voudrais… dormir.

Ses paupières se fermèrent.

– J'ai affronté Cénovix, il y a fort longtemps, raconta Musachi en piochant à pleines mains dans la bouillie de céréales. On le surnommait « le Taureau des Gaules », « le plus grand gladiateur de tous les temps ». Il a cent vingt-trois victoires à son actif !

Les deux Romains et l'étranger mangeaient à l'écart de la troupe, à l'abri d'une tente montée à la hâte, dont les pans battaient sous les assauts du vent. Musachi en était à sa deuxième assiettée, mais ne se montrait nullement rassasié.

– Tu as affronté Cénovix ? s'étonna Flavius. Et tu as survécu ?

– Il a choisi de m'épargner. Il a eu tort. Par ce geste, il m'a déshonoré. J'aurais préféré mille fois la mort.

– Tu veux… te venger, c'est ça ? demanda Rufus en reposant son gobelet de vin.

– Je veux laver mon honneur et entrer dans la légende. Je serai Musachi, « l'homme qui a terrassé le Taureau des Gaules »…

Le légat prit un air matois.

– Je vois, dit-il. Cependant, mon cher Musachi, j'ai bien peur que la rivière t'ait volé tes rêves de gloire. Rien, absolument rien, ne prouve que Cénovix et son rejeton soient ressortis vivants du torrent.

– Rien ne prouve le contraire.

On apporta une troisième assiette de nourriture au voyageur, qui se jeta dessus voracement.

– Que veux-tu de nous ? demanda Rufus après s'être resservi un verre.

– Cela fait des mois que je remonte la piste de Cénovix. Ma bourse est vide, et je suis fatigué d'aller à pied. Donnez-moi un cheval ; je vous offrirai la tête du Gaulois. Il ne sert à rien de lancer des centaines d'hommes à ses trousses. Autant essayer d'écraser une guêpe avec un marteau de forgeron. Laissez-moi faire à ma manière, et vous ne le regretterez pas.

Le légat hésitait. C'était une proposition tentante. Il n'avait guère envie de perdre son temps à pourchasser un homme dont la mort était presque certaine…

Il essaya de sonder Musachi du regard.

– Qu'est-ce qui t'empêchera de disparaître avec la monture dès que nous aurons le dos tourné ? fit-il, l'œil inquisiteur.

– Moi, je lui fais confiance, intervint Rufus. Je suis prêt à lui donner mon meilleur cheval.

Il se tourna vers l'homme aux yeux bridés :

– Mais tu m'emmènes avec toi. Je suis le père de l'enfant que ce barbare a enlevé. Je veux être là quand tu le retrouveras.

– Je préfère chasser en solitaire.

– Si tu veux ce cheval, tu devras faire une entorse à tes habitudes. C'est à prendre ou à laisser.

Le visage de Musachi était impénétrable. Il fixa Rufus pendant dix longues secondes, puis il s'essuya la bouche en jetant :

– D'accord. Dans ce cas, montons en selle sans tarder.

Chapitre 17

À son réveil, Cénovix se trouva allongé dans une grotte.

« La grotte aux peintures ? »

Non, cet endroit ne lui était pas familier. Son regard glissa sur les parois irrégulières, creusées de niches. Il n'y avait pas de fresques ici, et les dimensions dc la caverne étaient très supérieures à celle du Donon. Quant à la lumière ambiante… elle était bizarre. Des reflets onduleux dansaicnt au plafond. On entendait un glougloutement continu.

– Papa ! Tu m'as fait peur, tu sais ?

– Où suis-je ?

– Sous la terre.

– Hein ?

– Oui. En sécurité. Des druides nous ont recueillis. Oh, tu aurais dû voir ça ! Ce passage secret ! Cela ressemblait à un gros terrier, de l'extérieur, mais une fois dedans, le passage s'élargissait, s'élargissait…

Cénovix se dressa sur les coudes. Des souvenirs lui revenaient, mais pas ceux évoqués par le garçon.

– Des druides ? répéta-t-il, incrédule.

– Oui, ce sont eux qui nous ont conduits ici. J'ai bu une de leurs potions, et le froid a quitté mon corps. Pour toi, c'était plus compliqué. Ils ont fait des offrandes à la déesse Sesquenne, et puis ils ont jeté une plaque de bois dans la rivière. Ils m'ont expliqué que tes poumons et ton abdomen étaient sculptés sur cette plaque[1]…

« Rivière ?… » s'interrogea Cénovix avec un temps de retard.

Il se leva, aidé de son fils.

C'était bien l'onde miroitante d'une rivière souterraine qui se reflétait au plafond. Des cristaux de quartz enchâssés dans la roche, juste sous le niveau de l'eau, expliquaient ces scintillements.

– La rivière donne naissance au torrent où nous avons pris notre bain forcé, avant-hier, révéla Iorus.

– Quoi ? J'ai dormi deux jours entiers ?

– Oui. Et j'ai bien cru que tu ne te réveillerais jamais.

1. Les Gaulois vénéraient l'eau en général, et les sources en particulier. Ils jetaient dans celles-ci des offrandes qui symbolisaient leurs membres ou leurs organes malades.

Des hommes en robes blanches, barbus pour la plupart, allaient et venaient sur la berge, évoluant parmi des tables, des tabourets. Les druides ne semblaient pas se soucier de la famille de loups, deux adultes et trois petits, qui, la queue raide et les mâchoires en action, s'étaient agglutinés autour des restes d'un repas jetés par terre. Des banquettes s'alignaient à l'autre bout de la grotte. Deux galeries, étroits boyaux creusés par la main de l'homme, s'ouvraient dans le pourtour de cette salle. On avait disposé des statues et des figurines sur un autel en pierre finement ouvragé. Plusieurs torches murales prodiguaient un éclairage vacillant, mais la principale source de lumière se trouvait au centre du campement, où brûlait un grand feu.

Cénovix avait du mal à tenir debout sans éprouver de vertiges. Il voulut prendre appui sur la paroi la plus proche, mais il retira sa main aussitôt : il avait failli toucher un crâne de squelette[1] placé dans une niche, qui le fixait de ses orbites noires.

– N'ayez crainte, il ne vous mordra pas, dit un vieillard.

---

1. Les Gaulois vouaient un culte mystérieux aux têtes séparées du corps. On suppose qu'ils les imaginaient dotées d'une vie propre.

Il s'approchait en s'aidant d'un bâton. C'était le meneur de loups, l'homme qu'il avait vu dans la forêt juste avant de perdre connaissance. Il avait un nez aquilin ; sous une paire de sourcils broussailleux brillait un regard perçant.

– Je constate que vous êtes remis, reprit le druide.

– Oui, et c'est à vous que je dois ce miracle, n'est-ce pas ?

– Bah, ce n'est rien… Si vous voulez remercier quelqu'un, c'est plutôt eux.

Il désignait de son bâton les petites statues des divinités. Les deux fugitifs et le vieillard firent quelques pas en direction du panthéon miniature : Taranis, dieu de la foudre, Teutatès à la longue barbe blanche, Épona, déesse des cavaliers, Cernunnos, l'homme-cerf, et une multitude de déesses-mères portant un enfant dans les bras… Iorus avait l'air particulièrement intéressé par la représentation d'un sanglier martelé dans une tôle de bronze.

– Pour vous, les sangliers sont des dieux ? demanda-t-il.

– La nature est sacrée, répondit le druide. C'est une chose que les Romains n'ont pas comprise. Ils construisent des temples partout, et leurs dieux vont peut-être faire disparaître les nôtres, mais la nature, elle, restera souveraine, car elle ne peut pas mourir.

Cénovix s'inclina avec déférence devant les idoles, imité par Iorus.

Le vieil homme les laissa se recueillir quelques instants, puis il dit :

– Venez partager notre repas, maintenant.

Les plats passaient de main en main.

Iorus avait le sentiment de dîner en compagnie de quelques anciens rois, surgis d'un autre âge, et dont la noblesse inspirait la crainte autant que le respect. Une atmosphère hors du temps baignait la scène. Drumnedorix – un vieillard à la longue barbe de neige et à la chevelure ceinte d'un bandeau – était le chef de cette assemblée. Il trônait en bout de table, assis sur un large fauteuil surmonté d'un dais, et donnait le signal de chaque changement de plat. Pour l'heure, les druides mangeaient en silence la soupe à l'ortie. On parlait peu, d'une manière générale, et chaque parole était répercutée par les sombres recoins de la grotte. L'ambiance s'anima quand on apporta le plat principal : un sanglier braisé. On donna une partie de la bête aux loups. Normal : c'étaient eux qui avaient chassé le gibier.

Le repas terminé, les druides s'autorisèrent une

gorgée de cervoise puisée dans un tonneau cerclé de métal. Puis Drumnedorix demanda à s'entretenir en particulier avec leurs deux invités.

– Qu'allez-vous faire à présent, mes amis ? questionna-t-il une fois les autres druides partis vaquer à leurs occupations.

– Je vais essayer de passer le Rhin.

– Et le garçon ?

– Je le déposerai à un prochain village. Les Romains viendront le chercher, et il pourra rentrer chez lui.

– Quoi ? s'écria Iorus.

Il n'en croyait pas ses oreilles.

– Qu'est-ce que tu racontes, papa ?

– J'ai bien réfléchi, mon fils. Cette aventure t'a déjà fait courir trop de dangers. Il faut que j'y mette un terme.

– Et si, moi, j'ai envie de rester avec toi ?

– Je suis obligé de choisir ce qu'il y a de mieux pour toi, Iorus. Je dois bien admettre que je ne suis pas en mesure de t'offrir une vie dorée, comme ton père adoptif.

– Je me moque de mener une vie dorée !

– Tu dis ça parce que tu n'as jamais connu la misère, le dénuement. Et n'oublie pas que ta mère t'aime. Ta place est à ses côtés… Quand tu seras plus grand, si tu le désires, tu pourras venir me voir, en Germanie. Je t'y attendrai.

Les yeux du garçon brillaient. Il demanda :

– Je t'ai déçu ?

– Absolument pas. Ces jours que nous avons passés ensemble ont été les plus beaux de ma vie, et je ne regrette rien. Mon vœu le plus cher était de te rencontrer, de te connaître. Il a été exaucé… Nos routes peuvent se séparer à présent.

Iorus baissa les yeux. Quand il les releva, ils étaient pleins de larmes :

– Laisse-moi t'accompagner au moins jusqu'au fleuve, dit-il.

– Il y a encore trop d'obstacles entre nous et le Rhin, objecta Cénovix.

– J'ai quelque chose qui pourra peut-être vous aider, intervint le vieux sage.

Il enleva de son cou un pendentif, jusqu'ici caché par sa longue barbe blanche : une petite serpe accrochée à une chaînette dorée.

– Prends ceci, Cénovix.

– Qu'est-ce donc ?

– Un sauf-conduit. Même si nous vivons dans la clandestinité, notre aura est encore importante dans les villages de la région. Présente ce pendentif aux Gaulois que tu rencontreras, et l'on vous donnera de la nourriture et une couche pour la nuit, à ton fils et à toi.

– Comment te remercier, Drumnedorix ?

– Honore les dieux, ne fais pas de mal…

– Et pratique la bravoure, termina Cénovix.

– Tu connais notre serment ?

– J'ai suivi l'enseignement de l'un des vôtres lorsque j'étais plus jeune. J'aurais peut-être pu devenir un « homme qui sait », moi aussi, mais les dieux en ont décidé autrement.

Le vieillard eut un sourire :

– J'ajouterai un seul commandement aux trois précédents : combats les Romains.

– Pourquoi les Romains en veulent-ils tellement aux druides ? demanda Iorus, qui avait séché ses larmes.

– Nous étions seuls à être capables d'unifier les tribus gauloises, l'unique pouvoir politique et religieux qui pouvait s'opposer à César. Celui-ci l'a très bien compris. Il nous a traqués et exterminés sans pitié. À présent, nous ne sommes plus qu'une poignée, condamnés à vivre dans ce trou comme des rongeurs. Là-haut, à la surface, les hommes cessent de croire en nos dieux, et notre pouvoir s'affaiblit… Les Romains sont au faîte de leur gloire aujourd'hui, mais leur tour viendra : ascension, puissance, déclin. C'est le cycle de la vie.

– Merci encore pour votre cadeau, dit Cénovix. Il nous sera certainement très utile.

Le meneur de loups conduisit Iorus et Cénovix jusqu'à une sortie, à travers les galeries d'une ancienne mine de sel.

– Prenez soin de vous, lança le druide en guise d'adieu.

Un loup au collier de poils gris lécha la main de Iorus ; puis le père et le fils descendirent la pente le long d'un creux bordé d'escarpements. Quand ils se retournèrent pour adresser un dernier signe au vieillard, l'homme et les animaux avaient disparu.

– J'ai l'impression d'avoir rêvé tout cela, dit Iorus.

– C'était bien la réalité, murmura Cénovix en caressant le pendentif doré.

Le garçon s'éclaircit la voix :

– Je tiens vraiment à aller jusqu'au fleuve avec toi.

– Tu es sûr ?

– Oui. Je veux qu'on reste ensemble le plus longtemps possible.

– Et après ?

– Je me montrerai à la première patrouille romaine que je croiserai. Je te le promets.

Cénovix regarda longuement son fils, le cœur serré. Il essayait de graver les traits de son visage dans sa mémoire. Chaque moment passé en sa compagnie formait un souvenir de plus, qu'il pourrait par la suite chérir précieusement.

– D'accord, dit-il, tu viens avec moi. Mais au moindre problème…

– Tu continues seul, juré.

Cénovix hocha la tête, et ils se mirent en route.

Chapitre 18

Les cinq journées suivantes se déroulèrent sans incidents.

Plus on descendait vers la vallée, plus les rivières s'élargissaient, devenant des nappes d'eau fleuries de nénuphars. Ces étangs se nichaient aux creux des vallons boisés. Les fugitifs utilisèrent à deux reprises leur sauf-conduit, et à chaque fois des villageois leur offrirent le vivre et le couvert. Plus à l'est, ils dormirent une nuit en forêt de Haguenau, au milieu des charmes, des hêtres et des frênes. Les soirées passées à la belle étoile étaient propices aux discussions, aux confidences…

– Tu étais comment, quand tu avais mon âge ? demanda Iorus au cours d'une veillée nocturne.

– Oh, j'étais un vrai garnement, dit Cénovix avec un petit rire. Je me rappelle un jour où j'avais bu en cachette un pot d'hydromel. Quand mon père s'en est aperçu, qu'est-ce que j'ai pris ! Il m'a fait traverser tout le village à coups de pied dans les fesses, et je peux t'assurer qu'il n'était pas cul-de-jatte ! Je n'ai pas pu m'asseoir pendant plusieurs jours !

Iorus rit de bon cœur, puis demanda encore :

– Quand nous étions dans la caverne, tu as dit que tu avais suivi l'enseignement d'un druide. C'est vrai ?

– Oui, j'ai eu cette chance. Les druides se chargeaient de l'éducation des jeunes gens les plus éveillés.

– Tu aurais aimé devenir l'un des leurs ?

– Pourquoi pas... Sais-tu que, avant l'arrivée des Romains, les druides étaient dispensés de payer des impôts ? Ils allaient et venaient de tribu en tribu, libres comme l'air, et tout le monde les respectait. On leur donnait souvent des offrandes. Ma foi, ce devait être une vie plutôt agréable.

Les soirées s'écoulaient ainsi, à évoquer le passé. Cénovix s'ouvrait davantage à Iorus. Le garçon posait beaucoup de questions. La jeunesse de son père lui semblait maintenant une période plus intéressante que ses exploits de gladiateur.

– Comment était la vie dans ton village natal ?

– J'en garde un souvenir merveilleux. On faisait de grandes fêtes à chaque saison. L'hiver, on célébrait la naissance des agneaux. Quand venaient les beaux jours, on honorait Bélénus, pour qu'il veille sur les semences et les animaux à naître. La fête de la Moisson était la plus joyeuse d'entre toutes, parce qu'on engrangeait les récoltes…

– Et pour la dernière saison ?

– C'était la fête des morts. On dansait et on faisait des sacrifices, destinés à apaiser l'esprit des revenants. Pour nous, tu comprends, le monde des morts et celui des vivants sont liés, car, si le corps meurt, l'âme, elle, est immortelle.

– Tu le crois vraiment ?

– Oui. Quand on meurt, on accède à un monde nouveau. Certains se rendent sur l'Île des Bienheureux ; d'autres, sur l'Île des Trépassés. Les guerriers morts sur le champ de bataille vont prendre un repos bien mérité sur l'Île des Héros, où vivent les dieux…

Iorus écoutait, fasciné. Il se rendait compte que, bien que Gaulois d'origine, il savait peu de chose sur les croyances et les coutumes de son peuple.

– Tu aurais dû voir ces banquets ! disait Cénovix. On mangeait des saucisses délicieuses, rissolées dans le saindoux ! Et les pains à la levure cuits au feu de bois ! Les fromages !… Quel régal !

Il se tut, l'air pensif, et son expression se teinta de mélancolie.

– Qu'est-ce qu'il y a ? s'enquit Iorus.

– Je repense au banquet que l'on avait donné le

jour où, ta mère et moi, nous nous sommes mariés… C'était une très belle fête. Claudia était superbe. Elle portait une robe rouge et jaune. Une longue épingle de bronze retenait ses cheveux relevés. Je revois les bracelets qui brillaient sur ses bras nus, et le collier d'argent à son cou. C'était une jeune fille splendide, pleine de vie et de gaieté.

– C'est triste que vous ne soyez plus ensemble.

Cénovix poussa un profond soupir.

– La guerre nous a séparés. Peut-être qu'en temps de paix les choses auraient évolué différemment entre nous… Peut-être pas.

– Je comprends…

– Tu comprendras encore mieux quand tu seras plus grand. L'amour entre un homme et une femme est un trésor très beau, mais très fragile

Un silence s'installa ; pourtant il n'avait rien de gênant. C'était comme s'ils s'étaient toujours connus.

– Demain, nous atteindrons le fleuve, annonça Cénovix.

– Je sais, souffla Iorus.

Il posa la tête sur la poitrine de son père et ils s'endormirent ainsi, blottis sous le ciel étoilé.

Le lendemain, ils abordèrent une vaste prairie parsemée de pensées alpestres et de touffes de myrtilles. Loin, très loin, on distinguait le ruban bleu du Rhin. Ils s'arrêtèrent quelques instants pour regarder le fleuve, et la gorge de Iorus se serra. Il aurait voulu que ce voyage ne finisse jamais. Seulement, c'était impossible. Il le savait.

– Allons-y, papa, lâcha-t-il en foulant l'herbe fraîche.

« Enfin, les voilà », songea Musachi avec un soupir de soulagement.

Il était à cheval, posté sur une colline en compagnie d'un autre cavalier : le père adoptif de Iorus. Les deux hommes observaient Cénovix et son fils, qui marchaient en dessinant des sillages parallèles dans les hautes herbes. Les montures s'ébrouaient, secouaient la tête en soufflant des naseaux, comme pour témoigner leur impatience.

– Cénovix, tu pourras te vanter de m'avoir fait courir, grogna Musachi.

Durant une semaine, ils avaient cherché les fugitifs dans le « ried » marécageux, la forêt, les plaines, les bras de rivières où subsistaient des îlots de verdure… Sans succès. Et voilà que le barbare et son rejeton montraient le bout du nez au moment même où ils commençaient à se décourager. C'était un signe du destin.

– Ils ne peuvent pas nous échapper, lâcha Rufus, prêt à lancer sa monture au galop.

– Non, pas tout de suite, aboya Musachi. Pas comme ça.

– Hein ?

– Nous allons les avoir, mais à ma manière.

– Comment cela ?

– S'ils continuent tout droit, ils vont arriver à un village de pêcheurs, en bordure du Rhin. Mais on peut y être avant eux. Il nous suffit de progresser à couvert des collines.

– Quel intérêt y a-t-il à… ?

– Accordez-moi cette faveur. Je vous avais promis de vous aider à retrouver votre fils ; et c'est chose faite, non ?

– Certes, cependant…

– Ne discutez pas. Suivez-moi…

L'ancien centurion exprima son désagrément par un juron, mais Musachi était déjà parti.

– Yaaah !

Il le rattrapa, et les deux hommes s'éloignèrent côte à côte, la queue de leur cheval et les pans de leurs vêtements pratiquement soulevés à l'horizontale.

Chapitre 19

Les chevaux dépassèrent le pavillon qui gardait l'entrée du village dans un tonnerre de sabots martelant le sol. Sans ralentir, Musachi banda son arc, et un premier homme s'écroula, une flèche traversant sa gorge.

– Qu'est-ce que vous faites ? s'écria Rufus.

Musachi piochait dans son carquois et tirait sans marquer de pause, semant la panique parmi les pêcheurs et leurs familles. Chacun de ses traits volait une vie. Son cheval culbutait la volaille sur son passage en dispersant des plumes et du sang.

– Arrêtez ce massacre ! hurla le Romain, qui avait réussi à empoigner la bride de son compagnon.

– Tout doit être parfait ! brailla Musachi. Si on les laisse en vie, ces chiens diront à nos proies que nous les attendons.

Une flamme de démence brûlait au fond de son regard ténébreux.

– Vous avez perdu la raison ! rugit Rufus.

Il dégaina son glaive, mais, fouettant l'air de son arc, Musachi le frappa au menton. Il bascula de cheval en criant. Sa tête heurta une pierre, qui l'assomma sur le coup.

Musachi sortit son sabre du fourreau et se mit à mouliner comme un fou.

– Partez ! Partez avant que je ne vous tue tous ! hurlait-il.

Les villageois ne se le firent pas dire deux fois. Terrifiés, ils empoignèrent leur marmaille vociférante pour courir vers les collines.

– Et ne revenez pas avant la nuit tombée, sinon je brûle vos maisons !

Musachi descendit de cheval, satisfait. Il était seul ; enfin si l'on exceptait quelques poules affolées, un porc et un corniaud miteux qui grognait après lui. Il tua le chien, essuya le sang répandu sur la lame contre sa cuisse.

« Au travail… », murmura-t-il.

Il traîna les corps dans une sorte d'abri à outils accolé à une hutte plus importante. Puis il se pencha sur Rufus, toujours inanimé. Musachi avait bien envie d'achever ce gêneur, mais il savait que tuer un citoyen de Rome pouvait lui coûter très cher – bien plus cher que liquider une poignée de paysans. Il se ravisa donc. Le Romain paraissait hors de combat pour un bon moment.

« Quand il se réveillera, tout sera terminé ; moi, je serai loin, et il pourra colporter la nouvelle de ma victoire. La légende de Musachi grandira, pour parvenir aux quatre coins des Gaules ! »

Il déposa Rufus dans l'abri, avec les autres, et se mit à chercher les divers accessoires nécessaires à sa mise en scène.

Trois heures s'écoulèrent.

Le père et le fils approchaient du village à un bon pas. Ils parlaient beaucoup, discutant de tout et de rien, comme s'ils avaient voulu éviter de penser à l'imminence de leur séparation. Un soleil furtif, aux aguets entre deux nuages, tachetait la prairie en projetant sur son herbe l'ombre des grosses masses cotonneuses.

– C'est étrange, murmura Cénovix, qui ralentissait de manière sensible.

– Quoi ?

– Ce silence. Pas d'aboiements. Pas de cris. On dirait que l'endroit est désert.

Ils empruntèrent le ponceau qui enjambait le fossé

de protection à l'entrée du village. Ils découvrirent des huttes, des maisons à toits de chaume et quelques dépendances pour les bêtes. Mais personne en vue. Les craintes de Cénovix se confirmaient.

– Je n'aime pas ça, dit-il en sortant son épée.

Poursuivant leurs investigations, ils arrivèrent à une jetée de bois montée sur pilotis, qui mordait d'une dizaine de mètres dans le lit du fleuve. Un homme se tenait, immobile, à l'autre bout de la jetée. Musachi.

– Enfin, nous nous retrouvons, Gaulois.

Cénovix plissa les yeux. Cette silhouette... Cette peau cuivrée... Ces tresses noires, serpentines, sur ces épaules, et ce sabre, si particulier... Il ouvrit la bouche, mais il était trop surpris pour dire quoi que ce soit.

– Tu le connais, celui-là ? s'enquit Iorus.

– C'était... il y a tellement longtemps, articula l'ancien gladiateur.

– J'ai une revanche à prendre, Cénovix, continua Musachi. Tu t'en souviens ?

– J'ai arrêté tout ça, répondit le Gaulois. Je ne me bats plus que pour me défendre, désormais.

– Alors, défends-toi, fit Musachi en dégainant son sabre.

– Qu'est-ce que tu veux ? Être le vainqueur du Taureau gaulois, l'homme au cent vingt-trois combats ? Ne te donne pas cette peine : ce Cénovix-là est déjà mort. Il a cessé d'exister le jour où j'ai repris ma liberté.

– On ne rompt pas avec son passé aussi facilement, tu le sais très bien.

Cénovix regardait autour de lui, de plus en plus inquiet :

– Où sont les habitants du village ?

Musachi haussa les épaules :

– Quelques-uns sont morts ; les autres se sont enfuis... Quelle importance ?

Il montra un filet et un trident de pêcheur posés sur la jetée :

– Tu vois, je t'ai préparé tes armes préférées. Nous allons faire ça dans les règles de l'art : rétiaire contre mirmillon, comme au bon vieux temps ! Qu'en dis-tu ?

– J'en dis que tu es fou, déclara Cénovix, la bouche sèche.

Musachi secoua la tête d'un air méprisant :

– Tu me déçois...

– Je ne veux pas me battre avec toi, insista Cénovix.

– J'ai bien peur que tu n'aies pas le choix. Tu cherches une embarcation pour te rendre en Germanie, n'est-ce pas ?

Il marqua un silence.

– J'ai percé le fond de tous les canots du village. Tous les canots, sauf un.

Il désignait de son sabre une barque creusée dans un bloc de bois et dont la voilure était constituée de peaux cousues avec des lanières de cuir. La petite embarcation se balançait au rythme du courant. Une corde partait de sa proue pour s'enrouler autour du dernier pilotis de la jetée.

– Si tu veux le bateau, tu devras m'affronter, déclara Musachi.

– Je peux aller chercher un bateau ailleurs.

– Et moi, je peux te poursuivre et tuer ce petit singe blanc qui t'accompagne. Je m'occuperai de lui en premier pour que tu le voies mourir. Ensuite, ce sera ton tour, et tu me supplieras de t'achever.

Cénovix se raidit, les muscles tendus.

– Non, père, lui souffla Iorus. Ne rentre pas dans son jeu.

Le colosse parut se détendre, mais son regard demeurait impitoyable.

– Tu as raison, mon garçon, lâcha-t-il. Viens, partons d'ici, et laissons ce pauvre fou à ses délires.

Ils firent demi-tour. À peine avaient-ils parcouru trois mètres qu'une flèche siffla et se ficha dans l'épaule de Iorus.

– Aaahhh ! hurla le garçon en tombant à genoux.

– Iorix !

Musachi avait déjà encoché une seconde flèche.

– Ne me tourne pas le dos, Cénovix ! cria-t-il. Ne fais jamais ça !

Le Gaulois se plaça devant son fils pour le protéger.

– Arrête ! Mon fils n'a rien à voir avec nos histoires !

– Je retire ce que j'ai dit tout à l'heure, railla Musachi, qui montrait les signes d'une grande excitation. Je vais d'abord te tuer, toi, et ensuite je m'occuperai du petit singe, en prenant tout mon temps.

Un grondement, qui se transforma bientôt en un hurlement, jaillit des entrailles de Cénovix. Il se rua en avant, les muscles du visage contractés, rouge de colère. Il courait sur la jetée, l'épée brandie, faisant trembler les planches de bois sous ses pieds.

La flèche partit. Il la coupa en deux, d'un revers presque machinal. Ses mains agissaient d'instinct.

Musachi lâcha l'arc pour reprendre son sabre. Les lames se heurtèrent en produisant un bouquet d'étincelles. Durant un instant, les deux combattants furent tout proches, quasiment nez à nez, et Cénovix put discerner la joie extatique qui brillait dans les yeux de son adversaire.

– Enfin, je retrouve mon Taureau gaulois ! lâcha Musachi avec un rictus carnassier.

Cénovix se fendit, mais son adversaire para le coup. La lame du sabre de Musachi se ficha dans un pilier dépassant du ponton. Il cracha un juron cinglant. Son arme était profondément enfoncée dans le bois, et il ne parvenait pas à l'en retirer. Cénovix avait l'avantage. Il frappa. Musachi esquiva l'attaque d'un recul, tourna sur lui-même comme une toupie et envoya son pied dans le poignet gauche du colosse, le poignet qui tenait l'épée. Celle-ci voltigea au loin. Égalité !

Iorus regardait ce combat ahurissant depuis la berge. Il avait l'impression de voir deux géants s'affronter, deux titans sortis des légendes grecques qu'il aimait tant étudier avec son précepteur. Pour un peu, il en aurait presque oublié la douleur qui griffait son épaule.

Musachi était rapide, précis, et Cénovix avait toutes les peines du monde à s'adapter à son style de lutte, pour le moins exotique. En effet, son ennemi juré se servait de ses mains comme d'une paire de couperets. Ses jambes se détendaient brusquement, pareilles à la corde d'un arc et, quand il ne frappait pas, il exécutait des esquives et des sauts périlleux dignes d'un acrobate.

D'un coup de talon, Musachi se propulsa en arrière jusqu'à son sabre. Il en attrapa le manche, tira une nouvelle fois de toutes ses forces… La lame s'arracha au bois.

Cénovix ramassa le trident et le filet laissés à son intention sur les planches de la jetée. Musachi désirait le voir utiliser l'attirail du rétiaire ? Eh bien, il le ferait !

Cependant, il savait que ça n'allait pas être facile : son arme, une foëne-trident très légère, était conçue pour la pêche et non pour le combat singulier.

Musachi avança, d'abord doucement, puis il chargea.

Cénovix jeta son filet en priant Ésus, le dieu des guerriers.

Il n'aurait pas droit à une seconde chance.

Iorus vit Musachi trébucher, pris dans le réseau de fines mailles tressées, et son cœur bondit dans sa poitrine.

Il fallait qu'il se lève, qu'il se précipite au secours de son père.

Il extirpa la pointe de métal fichée dans son épaule et laissa échapper une sorte de couinement bref. La douleur lui fit instantanément monter les larmes aux yeux. Il n'avait jamais eu aussi mal de sa vie. Il se mit debout, luttant contre le vertige. Il savait qu'une blessure à l'épaule n'était pas trop grave ; mais il avait déjà perdu beaucoup de sang.

Il chercha une arme des yeux : une pique, une pierre, n'importe quoi.

L'épée de Cénovix ! Elle était tombée sur la berge, à quelques pas de lui.

Serrant les dents, le garçon mit un pied devant l'autre.

Cénovix allait porter un coup fatal à son adversaire quand celui-ci se dégagea, plus vif qu'une anguille. Il trancha le bout du trident et, relevant brusquement sa lame, il toucha le Gaulois au niveau du cou. Cénovix recula, une main pressée contre sa blessure pour éviter que le sang en jaillisse. Il savait cependant son geste vain. L'entaille était profonde. Et mortelle. Déjà, il sentait le liquide tiède inonder son torse. Il fit encore quelques pas, et ses jambes se dérobèrent sous lui.

– Papa ! hurla Iorus dans son dos.

Il paraissait loin. Tellement loin.

« Alors, c'est comme ça, quand on meurt ? »

Ce n'était pas si douloureux, en définitive. Il avait l'impression de flotter, comme s'il avait bu trop de cervoise. C'était presque drôle d'être là, à attendre le coup de grâce, tel un agneau sacrificiel. Il esquissa un sourire.

– Tu te moques de moi ? postillonna Musachi, fou de rage, en levant son sabre.

Iorus plongea sur l'épée. Son père était à genoux, et l'autre marchait sur lui pour l'achever.

– Attrape !

Il lança l'épée de toutes ses forces.

Ce cri ? D'où venait-il ?

On aurait dit Iorus…

Rufus se frotta la tête. Il était allongé dans un endroit sombre, qui sentait le poisson. Il distinguait des outils – râpes, ciseaux à couper les étoffes, marteaux… – et des sacs posés à côté de lui.

Le Romain s'assit pour rassembler ses idées. C'est alors qu'il s'aperçut que ce qu'il prenait pour des sacs étaient des corps humains.

– Par Jupiter ! coassa-t-il, un goût de bile dans la bouche.

Musachi. Les villageois. Sa chute de cheval… Tout lui revenait en bloc !

Il se précipita hors de la cabane, le cœur au bord des lèvres.

Il se figea, découvrant le dernier acte de la sanglante tragédie qui se jouait sur le ponton.

Musachi ne bougeait plus. Il avait lâché son sabre et regardait son adversaire, les yeux remplis d'étonnement.

Puis son regard descendit lentement sur son ventre, où l'épée de Cénovix était enfoncée jusqu'à la garde. Il ouvrit la bouche pour dire quelque chose ; finalement, il y renonça et partit en titubant vers le bout de la jetée. La pointe de la lame dépassait de son dos.

Il se retourna une dernière fois :

– C'est moi… le plus grand gladiateur de tous les temps !

Puis il vacilla, et son corps bascula dans le fleuve.

Cénovix reconnut son fils, penché au-dessus de lui, émergeant d'un brouillard argenté. Ces gouttes qu'il sentait s'écraser sur sa peau, mélangées à son sang… Étaient-ce des larmes ?

– Iorix, dit-il. Ne sois pas triste… Tout est bien, comme ça.

La respiration du Gaulois était de plus en plus courte. Iorus aurait voulu lui dire de ne pas parler, d'économiser son souffle, mais les mots ne sortaient pas.

– Je suis heureux de t'avoir connu avant de partir, murmura Cénovix.

Il serra très fort la main du garçon.

– Je t'aime, papa, dit ce dernier.

– Moi aussi, je t'aime.

Cénovix se sentit glisser, comme aspiré vers un puits sans fond ; mais il trouva encore la force de tendre un bras pour caresser les cheveux de son fils.

– Adieu…

Il regardait le ciel, par-delà le visage baigné de larmes du garçon. Son regard se voila, et sa main retomba.

Il ne vit pas l'homme qui approchait derrière Iorus en faisant grincer le vieux bois à chaque pas.

Le garçon se retourna. Rêvait-il, ou étaient-ce ses pleurs qui brouillaient sa vision et lui jouaient des tours ?

– Père ? souffla-t-il.

– Iorus…

Rufus serra Iorus contre lui à l'en étouffer.

– Mais… je… je ne comprends pas, hoqueta le garçon. Comment m'as-tu retrouvé ?

– C'est une longue histoire…

Chapitre 20

C'était la fin du jour, et le ciel prenait les teintes chaudes précédant la venue de l'obscurité.

On étendit Cénovix au fond de l'embarcation qui devait l'emporter. L'usage remontant aux Celtes aurait voulu qu'on brûlât son corps, voire qu'on l'enterrât sous l'une de ces collines-tombeaux appelées tumulus, mais Iorus avait insisté pour qu'il en fût autrement.

– Ainsi, avait-il dit, mon père pourra voguer vers l'Île des Héros…

Les villageois rescapés étaient revenus. Rufus leur avait raconté comment Cénovix avait terrassé le démon aux yeux bridés et comment il avait ensuite succombé à sa blessure. Chaque homme, femme ou enfant, témoignaient un grand respect pour le guerrier gaulois mort au combat. Ils mirent sous sa tête une belle cape en laine épaisse et disposèrent autour de lui des présents destinés à l'accompagner dans le grand voyage : un glaive, des vases de nourriture, des coupes de vin…

Iorus dénoua la corde qui reliait l'embarcation à la terre ferme.

Le courant emporta la barque funéraire. Elle glissait paisiblement à la surface des flots sous un ciel qui se parait de couleurs chatoyantes, comme pour adresser un dernier salut au héros mort.

Quand le petit bateau eut disparu, Rufus dit :

– Viens, maintenant, Iorus. Nous rentrons à la maison.

– Iorix, corrigea le garçon, les yeux brillant comme des étoiles. Mon nom est Iorix.

FIN

Sources

Sur la vie quotidienne des Gallo-Romains :

– *Dans une villa gallo-romaine*, Élisabeth Trimbach, Anne Romby, éditions Nathan.

– *Les Gallo-Romains*, Karine Delobe, publications de l'École Moderne Française.

– Le testament dicté par Rufus au chapitre 1 est celui d'un riche citoyen de la cité des Lingons (*La tombe gallo-romaine*, J.-J. Hatt, éditions Picard, reproduit dans *Quand les Gaulois étaient romains*, Françoise Beck et Hélène Chew, éditions Gallimard).

– *La vie des enfants en Gaule Romaine*, Gérard Coulon, éditions du Sorbier.

– *Naissance d'une cité romaine*, David Macaulay, éditions des Deux Coqs d'Or.

– *Les voies romaines*, Raymond Chevallier, éditions Picard.

Sur les Gaulois :

– *Dans un village gaulois*, Philippe Brochard, Pierre Brochard, éditions Nathan.

– *La vie quotidienne des Gaulois*, Philippe Brochard, Évelyne Lallemand, éditions Hachette.

Sur les gladiateurs :

– *Les gladiateurs*, Anne Bernet, éditions Perrin.

Sur l'armée romaine :

– *Un camp romain*, Fiona MacDonald, éditions des Deux Coqs d'Or.

– *La vie d'un légionnaire au temps de la guerre des Gaules*, Erik Abranson, éditions du Chat perché, Flammarion.

Sur les druides :

– *La Gaule*, collection Mémoire du monde, éditions du Rocher.

– *Les Celtes*, Duncan Norton-Taylor, éditions Time-Life.

– *Au temps des Gaulois*, Louis-René Nougier, éditions Hachette.

Imprimé en Allemagne par Clausen & Bosse